新潮文庫

看守眼

横山秀夫著

新潮社版

8590

目次

看守眼

看守眼

I

寒い。底冷えがする。山名悦子《やまなえつこ》は椅子《いす》から腰を浮かせ、膝掛《ひざか》けを広げて下半身をくるむように巻き付けた。暖冬予想の撤回を迫られそうな冷え込みになるでしょう。庁内の暖房を切られてみて、朝方耳にした気象予報士の持って回った解説に合点がいった。

——雪はやめてよね。帰れなくなっちゃう。

R県警本部庁舎の三階には警務部門の各課が並ぶ。北端にある教養課の室内は静まり返っていた。残業します。ほとんど泣き顔で宣言した悦子を置き去りにして、課員はみな浮いた足どりで新年会の会場へと向かった。恨みがましい思いを引きずりながら、だが実際のところ、宴席を楽しむ気持ちのゆとりなど悦子にはなかった。

デスクの上は原稿とゲラの山だ。編集を命じられている県警の機関誌『R警人』二月号の進行が捗々《はかばか》しくない。手元のスタンドの笠《かさ》には、加藤印刷の社長が貼《は》り付けていった赤字のメモがある。《一月二十五日校了。二十六日印刷。二月一日発行》。絶望的な気分になる。この一年、ベテラン上司の下で編集の手伝いをしてきたが、その上司が定年退職前の長期休暇に入ってしまった今、悦子はB５判六十四頁《ページ》の完成品を各課に配って歩く自分の姿を想像できずにいた。

——簡単なのからやっつけよう。

マジックで「赤」と大書されたビジネス封筒を棚から取り出し、中身をデスクの上にぶちまけた。赤ん坊のスナップ写真が二十も三十も重なり合う。親馬鹿《ばか》ぶりを自慢し合う『わが家のスター！』は人気のコーナーだ。一枚ずつ写真の裏を見て、そこに書き込まれたプロフィールを用紙に書き写していく。赤ん坊の名前。命名のいわれ。生年月日。両親の名と所属部署……。早くも七枚目で舌打ちが出た。記載漏《も》れだ。S署交通課の巡査長だった。妻の名がない。

——誰に産ませたわけ？

悦子は尖《とが》った目で壁の時計を見た。七時を回っている。この巡査長は既に帰宅してしまったろう。面倒なことになった。自宅に問い合わせをしようにも、R県警には職員全体を網羅する住所録の類《たぐい》が存在しない。以前はあって毎年更新していたというが、部外への流出を恐れて取りやめたのだと入庁時に聞かされた。無論それぞれの所轄署《しょかつしょ》では非常招集などに備えて署内連絡用の名簿が作成されているわけだから、S署の当直に巡査長の連絡先を尋ねればいいのだが、どうにもその勇気が涌《わ》いてこない。婦警とは違うのだ。本部で働くヒラの女性事務職員の名前を記憶している署員など滅多にいるものではない。警察電話を使って問い合わせを行ったところで、逆に当直員の質問責めに遇《あ》うのがオチなのだ。おたく誰？　ホントに教養課の人？　巡査長とはどういう関係？

悦子は赤ん坊の写真を掻《か》き集めて封筒に戻し、代わりに夕方印刷所から上がってきた初校のゲラをデスクに広げた。『年頭視閲《しえつ》式に思う』『駐在所だより』『十年表彰を受けて』。次々と目を通し、本文と見出しをチェックしていく。幸いにも大きな直しはなかった。気を良くして生原稿の入った棚に手を伸ばした。まずは『うまい店・やすい店』。職員が行きつけの店を紹介するコーナーだが、こうもそば屋が多いのはなぜだろう。次いで『ザ・事件――こいつがホシだ！』。手柄をたてた刑事や鑑識課員がドキュメント風に執筆する硬派記事である。今月は強盗犯人逮捕の顛末《てんまつ》だった。いつもは楽しみながら目を通すのだが、今夜は斜め読みに近い。無難な見出しをつけ、割付《わりつけ》用紙に写真の位置を書き込み、印刷所行きの封筒に押し込むと悦子は席を立った。

手がかじかんでいた。ロッカーから小型の電気ストーブを引っ張りだす。

——さて、問題はこいつだ。

悦子は「退」と書かれた分厚い封筒を引き寄せた。この春定年退職する警察官と事務職員の回想手記を顔写真付きで掲載し、長年の労をねぎらう。今年は四十七人。毎年そうだが、この〝お疲れ様特集〟が二月号の柱だ。

下準備に取り掛かる。退職予定者が寄越《よこ》した原稿と、警務課から借り受けた顔写真をクリップで組んでいく。始めてすぐに手が止まった。「教養課主幹・久保田安江《やすえ》」。悦子の前任者である。写真映りがいい。いや、表情がいいのだ。悦子は鼻から息を吐いた。こんな穏やかで優しげな表情、ついぞ見たことがなかった。

手記に目を走らせた。二十年に及んだ編集の苦労話。取材の思い出。『R警人』への愛着……。独身を貫いた安江は「仕事が恋人」が口癖だった。その大切な恋人を他人に譲りたくないという思いが心のどこかにあったのだろう、悦子に対してはどことなく冷淡で、だから一年も一緒に仕事をしたのに、とうとう最後まで打ち解けることがなかった。

複雑な思いで読み進むうち、悦子はぎょっとした。結びにこうある。

《我が子を手放すようで寂しいかぎりですが、今後は後任の山名悦子さんが、若々し

い感覚で『R警人』を育てて下さるとのこと。安堵《あんど》の息をつき、また大いに期待しつつ読者の側に回りたいと思っております》

途端に憂鬱《ゆううつ》になった。我が子を託されては困る。荷が重い。そもそも、悦子は警察の機関誌づくりに魅力を感じたことがない。この先十年も二十年も『R警人』の編集をやれと言われたら――。

二十六歳になったばかりだ。先のことはわからないが、結婚してもしなくても仕事は続けるつもりでいる。地方公務員試験を受けたのは六年前だった。単に不況下の公務員人気に相乗りしたわけではなかった。病弱で入退院を繰り返していた県庁勤めの父が、それでも四人姉妹の末っ子である悦子を短大にまで上げられたのは、公務員が有する福利厚生の手厚さによるものだと知っていた。片や、地元百貨店で商品アドバイザーの職を得ていた母は、バブルが崩壊するや呆気《あっけ》なくクビを言い渡された。以来、家の中で四六時中怨嗟《えんさ》をまき散らし、その変貌《へんぼう》ぶりは、「我が家の太陽」と崇《あが》めていた母に対する認識を改めねばならないほどだった。

短大に入った頃には公務員になろうと決めていた。ただ、県庁でも学校でもなく、悦子が警察事務を希望したのは、やはり父の平板な役所勤めの日常を長い年月あくび混じりに眺めてきたからだと思う。生活の安定だけではなく、ささやかな刺激を求めたのだ。テレビの刑事ドラマが好きだし、推理小説もよく読む。殺気立った刑事が怒鳴り合う職場。次々と解かれていく事件の謎《なぞ》。一件落着した時の喜びの人の輪。ひょっとして未来の夫は苦み走った刑事？　無邪気な想像の遊びは入庁前の悦子を大いに楽しませたものだった。

なのに配属されたのは、事件の匂《にお》いすらしない管理部門の教養課だった。課員はみなエリート然とした面白みのない男ばかり。それでいて、警察はやはり警察官が絶対の世界だから、課内における事務職員の声は他の部門と同様にか細い。ズバズバ物を言うあの安江でさえ、酔った勢いで本音を吐露したことがあった。「泣く子と本官には勝てない」――。

「巡回です」

課のドアが開き、懐中電灯を手にした生活安全課の高見婦警が顔を覗《のぞ》かせた。

「ご苦労さまです」

二人同時に言ったが、頭を下げたのは悦子のほうだけだった。

「節電、お願いします」

きっぱりとした声と真《ま》っ直《す》ぐな視線。

「あっ、はい。ごめんなさい」

悦子は慌《あわ》てて電気ストーブのスイッチを切り、だが視線を上げた高見婦警の様子から、彼女の言う節電が部屋の電灯のことだと気づいて赤面した。

蛍光灯の光が半分になってみて、一段と冷え込みが増したように感じた。デスクに戻った悦子は、高見婦警の消えたドアを溜《た》め息《いき》まじりに見つめた。なぜああも卑屈な反応をしてしまうのだろう。歳《とし》は悦子のほうが一つ上なのだ。婦警が事務職員を見下しているとは思わない。悦子にだって仲のいい婦警はいる。普通に喋《しゃべ》って笑い、食事や買物にだって連れ立って出掛ける。だが、時に会話や気持ちがふっと擦れ違う。「仕事」と「職務」。その意識の隔たりは埋めがたいと感じることがある。

――これだけやったら帰ろう。

悦子は気を取り直してクリップを摘《つま》んだ。残りは四十三人。回想手記の名前を見て、顔写真の裏の名前と合わせる。田中。鈴木。吉田。同じ姓も多いから神経を使う。じきに山場を越えた。数が減ってくれば探すのは簡単だ。あと五人……。

えっ？　悦子は首を傾《かし》げた。

残る顔写真は五枚。なのに原稿のほうは四人分しかない。慌てて四つを組み合わせ、残った写真の名前を見た。

『F署警務課留置管理係主任・近藤宮男《みやお》』

悦子は「退」の封筒の口を開いて中を覗き込んだ。ない。空っぽだ。デスクの脇《わき》に押しやってあったゲラの山を掻き回す。血の気が引いていくのがわかった。

なくした……？

いや、手記の執筆を依頼したのも回収したのも前任の安江なのだ。「全部揃《そろ》ってるからね」。彼女は恩に着せる素振りを覗かせつつそう言ったが。

悦子は体ごと椅子を下げてデスクの下を見た。何も落ちていない。立ち上がり、課内の床を見て回った。小走りでデスクに戻って四十六人の原稿を見直した。二枚重なっていないか。

ちゃんと一枚ずつだ。パソコンを開き、退職予定者のリストを呼び出した。名前を目で追う。近藤宮男……。ある。確かにこの春辞める人なのだ。

苛《いら》立《だ》つ手でバッグから携帯を取り出した。安江の自宅に掛けた。留守電になっていた。早口で用件を吹き込み、もう一度、デスクの周辺を点検した。封筒の中を見た。

――ホントにあったの？

安江の勘違いかもしれない。執筆の依頼をし忘れたか。原稿を貰《もら》ったと思い込んで、実際にはまだ、この近藤という主任が寄越していない可能性だってある。

近藤宮男……。耳にしたことのない名前だ。F署警務課留置管理係……。F署……。

去年、主婦失踪《しっそう》事件で大騒ぎになった署だ。

あっ、と声が出た。

悦子はまた携帯を手にした。F署なら事務職の同期、天野さゆりがいる。携帯ではなくアパートの電話に掛けた。最近恋人ができて夜が遅いようなことを言っていたが、出先を携帯でつかまえてみたところで、彼女の手元にF署の住所録がなければ意味がない。

〈あら、悦ちゃん？　なあに？〉

いた。さゆりの甘ったるい声が天の助けに思えた。

「遅くにごめん。ちょっと調べてほしいの」

悦子は手短に事情を話した。

〈近藤……？　ああ、あの気味悪い人ね〉

気味が悪い？

じれったい間があって、電話口に声が戻った。近藤宮男の住所と電話番号が聞けた。礼を言って切りかけた時、さゆりが引き止めた。

〈悦ちゃん、その後、彼とどう？〉

一瞬詰まった。

「——ん。もうよすかも」

〈あたしもなんだ〉

早い帰宅の理由がわかった。話は長くなる。

「ごめん。急いでるの。また掛けるね」

携帯を切り、すぐにデスクの電話の受話器を取り上げた。メモした番号をプッシュする。呼び出し音が続く。不在だろうか。

空いた手で近藤の写真を引き寄せた。裏書きされた名前をチェックしながらの作業だったから、まともに顔を見ていなかった。

息を呑《の》んだ。頬のこけた青白い顔。尖った鼻。落ち窪《くぼ》んだ暗い眼——。

悦子が身震いした直後、先方の受話器が上がった。

2

県警本部庁舎を出たのは九時半だった。

車のヒーターはまだ満足な温風を吐き出してくれない。悦子は手に痛みを感じるほど冷えきったハンドルを握り締め、近藤宮男の自宅を目指していた。電話にでたのは妻の有紀子《ゆきこ》だった。近藤は不在で携帯も持っていないという。じきに戻るわよ、お寄りなさい。有紀子の気さくな物言いに縋《すが》る思いで課を飛び出した。

今ごろ新年会は佳境だろう。課長は二次会からでも来るよう言っていたが、どのみちホステス役をやらされるだけだ。楽しいことなんか一つもない。強がり半分に呟《つぶや》き、悦子はアクセルを深く踏み込んだ。

今夜中に近藤本人をつかまえ、手記の件をはっきりさせておきたかった。手配漏れか。安江が原稿を紛失してしまったのか。それとも近藤がまだ書いていないのか。

いや……。

書くつもりがないのだ。そんな気がする。有紀子は夫が原稿を依頼されていることすら知らなかった。悦子の脳裏には写真の暗い眼があった。陰険。気難し屋。きっとそのどちらかだ。

――なんでこんなことになるわけ？

四十七人のうち一人でも欠けたら事なのだ。どうあっても二月号には退職者全員の顔写真と回想が載っていなければならない。警察組織にとって、警察官の定年退職がいかに大切な儀式であるかは悦子にもわかる。持ち上げ、讃《たた》え、褒めそやし、これでもかというほどの熱い言葉と拍手で、職務を全《まっと》うした先輩たちを送り出す。それは送り出す側の士気を高めるセレモニーと言えるかもしれない。去りゆく先輩の業績になぞらえて警察官の職務の崇高さを謳《うた》う。君らも後に続けとばかり組織の引き締めを図る。葬式は死者のためでなく、残された遺族のためにある。それに似ている。

ようやくヒーターが機能し始めたころには、目指す住宅地に入っていた。潔《いさぎよ》いとでも言うべきか、近藤は退職前の長期休暇に入ってすぐ、F署の家族寮を出て一戸建ての貸家に居を移していた。

「さっ、上がって上がって。まだ、片付かなくって汚いけど」

電話の応対そのままに、有紀子は気安く悦子を招き入れてくれた。確かに片付いていない。通された居間には、引っ越し業者のマークが目を引く段ボール箱が山積みになっていた。

お茶を、と言って奥に消えた有紀子は、見えない場所から盛んに話し掛けてきた。子供は年子の男の子二人。ともに東京の大学に進んで下宿暮らし。毎月の仕送りが十六万円。賑《にぎ》やかな足音が居間に戻るまでに、大摑《おおづか》みに家庭事情が知れた。

「もう帰ると思うんだけど――ああ、足、炬燵《こたつ》に、さあ」

「ありがとうございます――あの、ご主人、どちらへ？」

悦子が急ぎ顔で尋ねると、皺《しわ》の目立つ丸顔がフフフッと少女のように笑った。

「ほら、ウチの人、刑事さんだから」

刑事……？

近藤は留置場の看守ではなかったか。

「あたし、穴蔵刑事、って呼んでるの」

「えっ？　あなぐら……？」

また、フフフッ。

「前は岩窟《がんくつ》王って呼んでたのよ」

有紀子は屈託のない笑顔で夫の話を続けたが、その内容はとても笑って聞けるものではなかった。

近藤は三十八年の勤務のうち、実に二十九年間を留置場の看守として過ごしたのだという。巡査拝命当初から一貫して刑事志望だったが叶《かな》わなかった。結果として看守人生を歩いたのも刑事になる夢を諦《あきら》めきれなかったからだと有紀子は話す。留置人の監視と世話が看守の役目だが、朝から晩まで多種多様な犯罪者と向き合っていれば、嫌でも「刑事眼」が養われる。だからR県警では、大抵どこの所轄《しょかつ》でも刑事として見込みのありそうな若手に一〜二年、看守の仕事を経験させるのだそうだ。近藤はその「刑事見習い制度」とでもいうべき慣習に賭《か》けた。所轄から所轄へと異動するたび、看守をやらせてほしいと手を挙げた。いつか刑事に取り立てられると信じて――。

胸に涌《わ》き上がったのは同情めいた思いだった。

「そんなになりたかったのに、なぜ刑事になれなかったんですか」

「ああ、そんなの無理なのよォ。ウチの人、警察学校の成績がビリだったんだもん」

「えっ……」

「そっ、知ってるでしょ。卒業の時の順番がもう死ぬまでついて回るのよ。刑事さんは優秀でないとなれないんだから」

初耳だった。

「でね、気持ちだけは刑事の看守さんだから、穴蔵刑事ってわけ」

笑い返そうとして悦子の顔は歪《ゆが》んだ。

研修でその留置場を訪ねたことがあった。県下で最も老朽化した所轄で、配管の補修工事のため留置人は一時的に他の所轄に移されていた。中には誰もいない。わかっていても足が震えた。刑事課から留置場に通じる細い廊下の先、錆《さび》の浮いた鉄の扉が行く手を塞《ふさ》いでいた。付き添いの課長が入口の黒いボタンを押すと、ややあって通用扉が開いた。看守が向こうからしか見えない覗き穴でこちらを確認し、施錠を解いたのだと説明を受けた。中は別世界だった。どんよりとした空気。明るさのない照明。

順に案内された。接見室。保護房。風呂場《ふろば》。中央の一段高い場所に看守台があった。促されてそこに立つと、九つに仕切られた扇形の監房を見渡せた。鉄格子《てつごうし》の冷たさ。すえた匂い。耳をつんざく扉開閉の金属音――。

新しく建てられた署の留置場は近代的で明るく、看守もテレビモニターで留置人の監視を行っているのだそうだ。しかし悦子の想像力は追いつかずにいる。あの日足を踏み入れたおぞましい閉鎖空間が、劇的に変化することなどありえるだろうか。

「それにしても遅いわねえ」

有紀子の声にハッとした。もう十時半だ。

「あの……ご主人、本当にどちらへ行かれたんでしょう?」

「きっと捜査よ」

「捜査?」

フフフッ、がでた。

「だから、穴蔵刑事が穴蔵から出てきちゃったってわけ。定年でね」

悦子は呆気にとられた。話の先が見えない。

有紀子は愉快そうに傍《かたわ》らの段ボール箱を叩《たた》いた。

「これ、ぜーんぶ、あの事件の資料なのよ。といっても、ほとんど新聞のスクラップみたいだけど」

益々《ますます》わからなくなる。

「あの事件って……？」

「あれよ、ほら、一年前の死体なき殺人！」

悦子は息を呑んだ。

山手町の主婦失踪事件――。

さっき本部にいた時も、近藤がF署勤務と知って頭を掠《かす》めた。世間の注目を浴びた大事件だった。スキャンダラスでミステリアス。連日ワイドショーを賑わせ、推理好きの悦子を夢中にさせた。R県警が大黒星を喫した事件でもあった。総力を挙げて不倫相手の男を追及したが、自白を得られず釈放した。いまだ真相は藪《やぶ》の中だ。

近藤が捜査の続きをしている？　まさか。

「だって、ご主人、刑事じゃなかったんですよね」

「忘れちゃった？　あの男、別件逮捕されたでしょ。でね、ウチの人が留置場で面倒みたのよ」

「えっ、じゃあその時、ご主人が何か手掛かりをつかんだとか……？」

有紀子は急にしかめっ面をつくった。

「山野井《やまのい》の奴《やつ》、日に日にギラギラしていきやがった」

近藤の口真似《まね》をしたらしい。有紀子は破顔して手を叩いた。

「あの……それどういう意味です？」

「さあねえ……」

一転、有紀子の声が萎《しぼ》んだ。さっぱり見当がつかないといったふうだ。

悦子のほうも膨らみかけた好奇心が一気に萎んだ。あの主婦失踪事件には興味が尽きないが、連日百人からの刑事が調べ回って、それでも解決できなかった事件なのだ。一年も経《た》った今頃になって、しかも、元看守が一人で捜査を続けているという話には真実味がなかった。いや、もとより近藤の行動を詮索《せんさく》している場合ではない。欲しいのは原稿だ。

もう十一時近い。有紀子の人の良さに甘えて粘るにも限度がある。たったいま都合よく近藤が帰宅したとして、この時間まで他人の家に居座っていた面識のない女をどう思うだろう。きっと気分を害す。怒りだすかもしれない。有紀子から聞かされた話で近藤に対するイメージは大きく変わったが、だからといって、あの陰険そうな写真の顔が頭からすっかり消えてしまったわけではなかった。

出直そう。悦子は手帳を一枚破り、近藤宛《あて》に用件を書いた。自分の携帯とアパートの電話番号を記し、何時でもいいから連絡が欲しいと書き添えた。

玄関で靴を履くと、炬燵の温《ぬく》もりが一瞬にしてふいになった。

「こんなに遅くまですみませんでした」

「こちらこそ、ごめんなさいね。まったく、あの人ったらねぇ」

まただ。フフフッ。

「でも、好きにさせとくの。あんなにやりたかったんだもの、一度ぐらい刑事をしたってバチは当たらないでしょ」

3

戻ったアパートの床の冷たさといったらなかった。

留守電のランプが点滅していた。近藤から？ 少なからず期待して再生したが、流れたのは俊和《としかず》の声だった。ご多忙のようですね。皮肉っぽいひと言が部屋に響き、消えた。

——ふざけないでよ。用があるなら携帯に掛ければいいじゃない。

悦子は強い指でメッセージを消去した。

遠距離恋愛。もうそんな甘酸《あまず》っぱい関係にはない。三カ月会っていない。あの日からだ。博多《はかた》の夜。突然のプロポーズ。予期していなかった。

気持ちはイエスだった。なのに、すぐに言葉が出てこなかった。そのことが悦子を不安にさせた。俊和に一生ついていく。そこまでの覚悟ができていなかったのだと思う。父と母の姿が脳裏にチラついてもいた。結婚イコール生活。悦子の頭はどうしてもそこへいく。

俊和は「はい」の返事を信じきっていた。その自信満々の顔がなおさら不安を大きくさせた。俊和が小さく見えた。高校の一つ先輩。二十七歳の転勤族。博多の夜景がなにやら恐ろしいものに感じられた。口からぽろりと言葉がこぼれ出た。でも私、役所辞めたくない――。

断ったつもりはなかった。俊和はもともとR市の出身だ。長男だからいずれは実家に戻って両親の面倒をみる。そんなふうに漠然と考えていた。だが、悦子のひと言は俊和の顔を醜《みにく》く歪ませた。それきり口をきいてくれなかった。心細かった。このまま終わってしまうのが怖かった。どうすれば彼の怒りを鎮《しず》められるかは知っていた。その夜悦子は勤めを果たす思いで俊和の社員寮の門をくぐった。後は思い出したくない。乱暴にされた。あれはレイプだった。日を追うごとにそう思えてくる。

――寒い……。

フローリングの部屋は冷蔵庫のままだった。エアコンはちっとも効かない。悦子は頭から毛布を被《かぶ》り、それでも電気ストーブの前から動けずにいた。

近藤からの電話はない。携帯の電源も入れたままにしていたが、日付が変わるまで待っても鳴らなかった。

不審感がガスのように膨らむ。一体この時間まで家に帰らない用事とは何なのか。捜査？　馬鹿《ばか》げている。近藤は刑事ではない。それどころか定年間近で長期休暇に入っている身なのだ。有紀子の手前、関心のあるふうを装《よそお》ったが、悦子は端《はな》から信じていなかった。六十にもなって事件を追いかけたいなんて、あまりに子供染《じ》みている。お人好しの奥さんを騙《だま》して、どこかで遊んでいるのではないのか。酒か。ギャンブルか。ことによると女かもしれない。テレクラ。援助交際。出会い系サイト。女にモテたことのないあの年代の男たちがすっぽり嵌《は》まるというではないか。

とことん貶《おとし》めてみて、だが、濁った思考の流れを塞《せ》き止めるものがあった。

刑事になることだけを夢見て、二十九年間、看守台に座っていた男――。

二十九年……。悦子が生きてきた年月よりも長いのだ。その特異極まりない警察人生を終えようとしている近藤の思い……。わからない。想像もつかない。が、想像が及ばないだけに、ひょっとしたらの思いも涌き上がってくる。

悦子は壁際《ぎわ》のカラーボックスに目をやった。

毛布を羽織るようにして中腰で壁際に移動した。どのボックスにも機関誌づくりのための資料がぎっしり詰まっている。確かここに入れたはずだ。広報課が作成した新聞スクラップの綴《と》じ込み――。

あった。悦子は分厚い綴じ込みを抱え、ストーブの前の指定席に膝《ひざ》で歩いて戻った。綴《つづ》りを捲《めく》るとすぐに見つかった。「山手町主婦失踪《しっそう》事件」。驚くほど多くの記事がスクラップされている。事件発生は今からちょうど一年前だ。

えっ？

悦子は奇妙な感覚にとらわれた。

壁のカレンダーを見た。一月十三日。本当にちょうど一年前ではないか。記事にある主婦の失踪日が、その一月十三日なのだ。

胸騒ぎがした。

無論、近藤は知っていた。今日が主婦失踪から一年目の日だと知っていて、だから――。

悦子は宙を見つめ瞬《まばた》きを重ねた。

答えは出てこなかった。

しかし俄然《がぜん》興味が涌いてきた。もともと悦子を夢中にさせた事件だった。綴りに目を落とすと、当時の記憶が一気に蘇《よみがえ》った。

発端は謎《なぞ》の失踪だった。

山手町に住む二十七歳の主婦、九谷《くたに》エミ子が、夕方の買物途中に忽然《こつぜん》と姿を消した。その五日後だった。同じ山手町に住む、三十歳の自称宝石商、山野井一馬《かずま》がF署に逮捕された。容疑は窃盗《せっとう》だったが、有紀子が言ったように明らかな別件逮捕だった。山野井は独身。夫のいるエミ子と不倫関係にあった。R県警は二人の仲がこじれて殺人に発展したと筋読みしたのだ。

山野井は素直に取り調べに応じた。体の関係があったこと。エミ子から別れ話を切り出されていたこと。取調官から目撃情報を突きつけられると、失踪当日、スーパーの駐車場で会っていた事実も認めた。だが、そこまでだった。山野井は「五分ほど話をして別れた」と言い張った。

死体なき殺人事件——。

マスコミはそう決めつけて騒いだ。決めつけるだけの根拠があった。次々と出てくる状況証拠のすべてが、犯人は山野井であると指し示していた。新聞や週刊誌は激しい報道合戦を繰り広げたが、しかし、それら活字メディアを圧倒し、洪水とでもいうべき膨大な情報を流し続けたのはやはりテレビだったろう。

なにしろ、ワイドショー的材料に事欠かない事件だった。エミ子はモデルと見紛《みまが》うほどの容姿だったし、脳溢血《のういっけつ》で寝たきりとなった義父をかいがいしく世話する「できた嫁」の一面も持ち合わせていた。その夫、九谷一朗《いちろう》も小柄ではあるがハーフを思わす彫りの深い顔立ち。地元銀行の融資係長という肩書きがありながら、積極的にテレビカメラの前に立った。愛妻への想《おも》いを切々と語り、時には号泣し、容疑者として勾留《こうりゅう》されていた山野井に対しては憎悪《ぞうお》を剝《む》き出しにした。殺してやる。そんな物騒な台詞《せりふ》までもがナマ放送で流れたこともあった。いや、その九谷の言葉が嘘《うそ》でなかったことは後になってわかる。

一方の主役、山野井のキャラクターがまた強烈だった。身長百八十センチ。赤鬼を連想させる面相。坂の上の豪華な三階建ての洋館に住み、愛車は真っ赤なポルシェ。父親は国政にも影響を及ぼしたといわれる総会屋の大物、故田中弓成《ゆみなり》。田中の「郷里の妾《めかけ》」だった母親も一時期広く名を知られたシャンソン歌手だった。その母親に溺愛《できあい》されて育った山野井は宝石商とは名ばかりで仕事らしい仕事もせず、遺産を食いつぶして生きていた。ただ、子供時代から学校の成績は常にトップクラス。こちらは金に飽かしてのことだろうが、ゴルフやスキーの腕前はプロ級だった。

山野井の供述によれば、二人が知り合ったのは事件発生の一年半前、市内の喫茶店だった。たまたまカウンターで隣同士となり、シャンソンの話で意気投合し、ほどなく深い関係になった。以来、二人は山野井の自宅で密会を重ねた。母親は世を忍ぶ生活を長く続けてきたためか極度の対人恐怖症で、だから家がホテル代わりに使われていたことには気づかず終《じま》いだった。二人の仲がこじれたのは事件のひと月ほど前だ。エミ子が突然別れ話を切り出した。「不倫の関係を続けていくのが恐ろしくなった」というのがその理由だった。

逆上した山野井がエミ子を殺した。誰もがそう思った。

状況証拠は山ほどあった。決定的なのはエミ子の友人の証言だ。失踪の一週間前、深夜にエミ子が電話をしてきた。不倫相手が別れてくれない。怖い。殺されるかもしれない。エミ子は終始泣き声だったという。

失踪前日の目撃証言も重い。洋館の近くの路上で、山野井がエミ子の顔面を殴りつけるところを近所の主婦が見ていた。ふざけるな。山野井はそう怒鳴り、エミ子の目の下は青く腫《は》れ上がっていたと証言している。

そして失踪当日だ。午後四時過ぎ、エミ子は行きつけのスーパーに現れた。右目に眼帯をしたエミ子を複数の店員が見ている。レジ係の女性は、支払いをしたエミ子の手首や手の甲に青痣《あおあざ》があったことまで記憶していた。が、それが最後だった。この後、エミ子の姿を見た者はいない。彼女が乗ってきた車はスーパーの駐車場にぽつんと取り残されていた。謎の失踪。だが——。

このスーパーの駐車場にも山野井の影があったのだ。赤いポルシェが目撃されていた。目立つ車だ。三人。五人。十人。目撃情報の届け出は日に日に増えていった。

県警は物証に近いものも握っていた。

山野井の自宅から一キロほど北の造園業者宅で、庭先に立て掛けておいた三本のスコップのうちの一本が盗まれていた。残ったスコップの一本の柄《え》から、山野井の指紋が検出されたのだ。これが別件逮捕の材料になった。スコップは死体を埋めるのに使われた可能性があった。店で買ったのではアシがつく。だから盗んだのだという推測が成り立った。

洋館の家宅捜索でも収穫があった。スコップこそ発見されなかったものの、山野井がスキーに出掛ける際に使用しているジープ型のベンツの車内からエミ子の毛髪が見つかったのだ。助手席ではない。車両最後部の荷物室からだ。死体を運んだと断定調に報じたテレビ局もあった。

新聞と週刊誌も山野井の再逮捕が近いと、こぞって伝えた。「別れ話」に逆上して殺し、「車の荷物室」に死体を隠して運び、「スコップ」を使って埋めた。ここに至って事件はクライマックスを迎えた感があった。

悦子は綴りを読み進みながら、当時を思い返していた。死体を隠蔽《いんぺい》するために地中に埋めることを、警察の隠語で「活《い》ける」という。「野郎、どこに活けやがったんだろう」「山に活けたに決まってらぁ」。あの頃は、そんな会話が庁舎のあちこちで挨拶《あいさつ》代わりに交わされていた。しかし死体の在《あ》り処《か》は判明しなかった。それは山野井の自供に頼るほかなかった。厳しい取り調べは二十日間に及んだ。山野井は一貫して潔白を主張した。取調室では常に冷静で、時には薄ら笑いを浮かべたという。スコップの指紋と荷物室の毛髪。山野井の急所に思えたが、「散歩の途中にスコップに触ったかもしれませんね」「助手席に残っていた髪の毛が風で後ろに飛んだんでしょう」。ポリグラフには三回掛けられたが、微塵《みじん》の反応も示さなかった。捜査は万策尽きた。窃盗容疑すら立件できぬまま勾留期限切れとなり、山野井はF署の留置場を出た。事件の第一幕が閉じたのだ。

いや、とんでもない尾ひれがついた。あのニュースを耳にした時の驚きは忘れられない。

エミ子の夫、九谷一朗である。実行したのだ。釈放された山野井が駐車場で車に乗り込もうとした時だった。物陰に潜んでいた九谷が包丁を振りかざして背後から襲いかかった。衆人環視の中での出来事だった。警察官もマスコミ関係者もすぐ近くにいた。二人は揉《も》み合いになり、筋書きとは逆に九谷が腹を刺されて重傷を負い、翌日死亡した。山野井は傷害致死容疑で書類送検されたが、検察庁は山野井の行為を正当防衛だとして不起訴処分にした。皮肉な話だった。山野井をエミ子殺しの犯人と決めつけた警察官やテレビレポーターたちの目撃証言によって、今度は山野井の正当防衛が認められたのだ。

そんな事情もあって、山野井追及報道は一気に萎《しぼ》んだ。手のひらを返したように、R県警の別件逮捕を批判の俎上《そじよう》に載せた新聞もあった。山野井の弁護士がマスコミ相手に名誉棄損の訴えをする用意があると通告したからだ。R県警も腰砕けとなった。マスコミの支持をなくし、さらには人権団体にも押しかけられ、主婦失踪事件は次第に「腫れモノ」と化していった。山野井が殺人容疑で再逮捕されていたら『R警人』の『ザ・事件』は大増ページとなったろうが、バックナンバーを捲り返してみても、この事件に関する記述は一行たりとも見当たらない。R県警のタブー。今となってはそれに近かった。

「こんなのっておかしいじゃない」

思わず声が出た。

悦子は手荒に綴りを閉じた。なんとも歯痒《はがゆ》い。悔しいとさえ思う。山野井がエミ子を殺した。そうに決まっている。殺していながら警察と世間を欺《あざむ》いた。うまいこと騙し通したのだ。不倫に走ったとはいえ、エミ子は寝たきりの義父の世話を熱心に続けていたという。別れ話を持ち出した理由の一つにそのこともあったのではないのか。なのに山野井は話を聞き入れず、挙げ句にエミ子を殺した。さらには彼女を溺愛していた夫まで刺し殺した。正当防衛だかなんだか知らないが理不尽でならない。山野井がエミ子を殺さなければ第二の悲劇は起こりえなかったのだ。県警だってだらしない。ちゃんと自供に追い込んでさえいれば、山野井は殺人犯として裁かれ、九谷一朗は死なずに済んだのに。

――誰かどうにかできなかったわけ？

近藤の暗い眼が浮かんだ。

時計の針は二時を指している。電話は鳴らない。

――ホントに捜査してるってこと？

いや、近藤が帰宅していないとは限らない。もうこんな時間だ、悦子が残したメモを見ても電話してくることはないだろう。とっくに帰宅したがメモは無視した。そういう可能性だってある。

明日の朝一番にこっちから電話を入れよう。一つ息を吐いて悦子は寝支度を始めた。明日も忙しい。これ以上、近藤のために睡眠時間を削るわけにはいかなかった。

ベッドは冷たかった。なかなか寝つけない。原稿のことが気になる。いやそれよりも、耳の奥にへばりついた声が睡魔の侵入を妨げていた。

有紀子のへんてこな声色《こわいろ》……。

(山野井の奴《やつ》、日に日にギラギラしていきやがった)

4

教養課には眠たげな空気が漂っていた。二日酔いの顔、顔、顔……。幾つかの例外を除けば、この課に急ぎの仕事を抱えている人間はいない。

「ウナムの宏《ひろ》に、子供の子で宏子さんですね。はい、わかりました」

末席の悦子は『わが家のスター!』の記載漏れを退治していた。全部で五件。

「お仕事中すみません。送致係の深井さんをお願いしたいんですけど——」

よそ行きの声を出しながら、胸の内は怒りと悔しさでささくれ立っていた。

近藤宮男に逃げられた。起き抜けに電話を入れたが不在だった。有紀子の話によれば、近藤は明け方いったん家に戻り、だがすぐにまた出掛けてしまったとのこと。悦子が残したメモには目を通したという。なのに連絡を寄越さない。これで、はっきりした。近藤は手記を書く気がないのだ。他の事はそっちのけで主婦失踪事件を追いかけている。「刑事ごっこ」に夢中なのだ。そうやって刑事になれなかった長年の鬱憤《うっぷん》を晴らそうとでもいうのか。どうぞご自由に、だ。しかし弱い立場の事務職員をいたぶるのはよしてほしい。回想手記と言ったって、四百字詰原稿用紙たった一枚のことなのだ。それを書いてから捜査でも何でも好きなことをすればいいではないか。

死体なき殺人。ゆうべの昂《たかぶ》りは嘘のように消えていた。山野井が犯人である証拠を摑《つか》んでいる？　そんなわけがない。別件逮捕中に近藤が山野井を「クロ」にできる重要な証拠なり手掛かりなりを得たのなら、その情報によって県警は事件を解決に導けたはずではないか。それとも、自分を刑事に取り立てなかった組織を恨み、仕返しとばかりに証拠を握り潰《つぶ》してしまったとでもいうのだろうか。

悦子が受話器を置くと、ちょうど加藤印刷の社長が部屋に入ってきた。

「悦ちゃん、赤ん坊、午前中に出るかい？」

「わかりません」

悦子はぴしゃりと返した。大体からして、この綱渡りのような編集進行は加藤印刷にも大いに責任があるのだ。県庁の広報課は五年も前から大手の友好堂印刷を使っている。ちゃんとしたデザイナーがいて、原稿さえ渡せば、あとは向こうで頁《ページ》建てを考え、レイアウトし、見出しまでつけて戻してくれる。なのに、こっちときたら——。

気ばかり急《せ》く中、昼前になって久保田安江から電話が入った。

〈留守電聞いたわ。遅くなってごめんなさい〉

昨日は俳句仲間と温泉に一泊し、いましがた戻ったところだという。話すうち、近藤の件は安江の回収ミスだとわかった。ごめんなさい、一緒に策を考えましょう。安江の声は妙に弾んでいた。

昼休みに入ってすぐ、まとわりつく加藤社長を振り切って課を出た。安江の自宅は県警本部から車で三分とかからない。編集作業で帰りが遅くなるからと、現役時代、無理して市の中心部に買った平屋の一戸建てだ。

「いらっしゃい。わあ、なんだか懐《なつ》かしい」

安江は手を叩《たた》いて喜んだ。その賑《にぎ》やかな玄関に、手回しよく寿司の出前まで届いた。

厭味《いやみ》の一つぐらい言ってやろう。尖《とが》って乗り込んだ悦子は肩透かしを食わされた。安江の物腰に現役の頃の刺々《とげとげ》しさはなかった。恋人とまで言っていた『R警人』にしても、口先だけでなく、すっかり悦子に禅譲《ぜんじょう》してしまった顔だ。離れてしまえば、そんなものなのかもしれない。いくら好きだと言ったって、所詮《しょせん》は課長や次席の厳しい「検閲」に神経をすり減らしながらのやらされ仕事だ、気の合った仲間とのんびり温泉につかっているほうが楽しいに決まっている。

「本当にごめんなさいね」

話が退職者原稿に及ぶと、安江はしきりに頭を下げた。この春辞めるのは自分の他に四十六人。そんなカウントの仕方をしていたから、原稿を集めた時、四十六本で全部だと勘違いしてしまったのだという。

「で、その近藤さんて人、本当に原稿を寄越す気がないの？」

「ええ。たぶん……。どうしたらいいでしょう？」

「普通の原稿なら、その人の上司から言ってもらうのが一番手っとり早いんだけど、退職者だからそうもいかないわねえ」

「知ってます？　近藤宮男さんって人」

「会ったことないの。でも、あんまりいい噂《うわさ》は聞かなかったわね。陰気だとか、偏屈だとか」

悦子が肩を落とすと、安江はテーブルに身を乗り出した。

「しっかりして——あのね、私も昔、おんなじ経験したことがあるの。やっぱり退職予定者に原稿もらえなくてね。もう、すごい頑固者。大した仕事はしてこなかったから書きたくねえ、なんて言うわけ」

「それで？　どうしたんです？」

「ぶつかったわよ。何回もね。懐《ふところ》に飛び込んだの。で、ようやく書いてもらえた」

体の力が抜けた。

——それって自慢話？

自分は安江とは違う。押し出しが弱い。人見知りもする。『R警人』に対する愛情も編集への情熱も涌《わ》いてこない。「本官コンプレックス」も心に影を落としている。いまだに希薄なのだ、自分が警察で働いているという意識が。

「私、だめなんです」

半分は開き直った思いで本音を口にした。

「なんかR警人やっていく自信がなくって。勤め始めてもう六年なのに、警察とか、警察官のこととか、ちっともわからないし」

「それでいいのよ」

「えっ……？」

「事務職員は警察に勤めてるけど警察官じゃないんだから。やっぱり、本官の本当のところの気持ちはわからないと思うの。でも、それでいいの。警察官の家族。それぐらいの気持ちでいればいいのよ」

「家族……」

「そっ。出世しない人とか、山のほうばっかり回されてる人とかいるけど、そんなこと関係なく、警察官の家族ってお父さんをヒーロー扱いして応援するウチがうんと多いの。それと同じ。R警人を使って応援してあげるの。がんばれ、がんばれってね」

少女のような笑顔が脳裏を過《よぎ》った。穴蔵刑事。フフフッ——。

「あとは、R警人を早くあなたのものにすることね。忙しいのはわかってるけど、寄稿だけに頼らないで、毎号に何本かは取材して自分で書くこと。課の中にずっといたらだめよ。現場の本官と会って、じっくり話を聞いて、それで家族の気持ちで書くの。わかる？」

悦子は返事ができなかった。苛立《いらだ》ちと情けなさがごっちゃになって胸に渦巻いた。示唆《しさ》に富んだアドバイスだとわかる。頭ではわかっていながら、素直に聞くことができない。自分には無理なのだ。安江にも有紀子にもなれっこない。できることなら、『R警人』など今すぐにでも投げ出してしまいたい。

しかし、だからといって逃げ出すのも怖いのだ。『R警人』を放棄してしまったら職場にいられなくなる。役所を辞めてどうするのか。結婚？　俊和以外の誰かを探す？　いや、男に頼って生きるという、その気持ちこそが怖い。危険な賭《か》けに思えてならない。博多で俊和の本性を見た。性的な暴力を受けた。だが運が良かったと考えるべきなのだ。すんなり結婚してしまった後に彼の本性を知ったとしたら——。

「どうしたの？　大丈夫？」

「ええ……」

安江が大きく見えた。

独身で通した安江を「R警人の愛人」と揶揄《やゆ》する人もいた。いきそこねた人。悦子も心のどこかで憐《あわ》れみの思いを抱いていた。だが、いま目の前にいる安江のなんと晴々としていることだろう。公務員だったから。そう思う。四十年間、解雇の不安なく働けた。家も買えた。共済年金が死ぬまで支給されるから食べる心配をすることもない。そう、身分と収入さえ保障されていれば、女ひとりだってちゃんと生きていける。

知らずに背筋が伸びていた。

「わかりました。私もぶつかってみます」

5

昨日ほどではないが、日が落ちると冷え込みが厳しくなった。

午後八時過ぎ、悦子はR市郊外の山手町に車を向けた。坂の上の三階建ての洋館。そこへ行ってみるほかに、近藤をつかまえる手だてが思い浮かばなかった。仕事なのだから楽しいはずがない。そう自分に言い聞かせながらアクセルを踏む。

山手町に入った。民家の数がぐっと減る。雑木林がヘッドライトに照らし出される。坂にさしかかった。洋館のシルエットが見えてきた。幾つかの窓に灯《あかり》がある。一年前、テレビでよく見た光景だった。昼も夜も家の前は報道陣でごった返していた。だが、今は人っ子一人いない。辺りは真っ暗だ。気味が悪い。洋館の前を通り過ぎる。背筋がゾッとした。今度はやや下り坂になる。近藤の姿はなかった。いるはずがない。こんなところに誰が来るものか。穴蔵刑事？　捜査？　有紀子の妄想《もうそう》だ。夫がヒーローであってほしいという願いを口にしただけのことだったのだ。

──帰ろう。

前方に十字路が見えていた。Uターン。反射的に思ってハンドルを左に切った。と、その横道に停まっていた車が目に飛び込んできた。こっちのヘッドライトが一瞬、向こうの車内を照らし出した。運転席に青白い顔──。

近藤宮男がいた。

すれ違ってすぐの所でブレーキを踏んだ。心臓が高鳴っていた。どうしようか迷った。ぶつかってみるしかない。いや、そのためにここへ来たのだ。悦子は意を決して車を降りた。砂利道を小走りで突っ切り、近藤の車の運転席側に回った。

窓が開いていた。暗い眼がこっちに向いた。

初めて会う気がしなかった。恐ろしくはあったが、怒りのほうが勝っていた。

「F署にいらした近藤さんですよね？」

「…………」

「私、教養課の山名といいます。あの、奥様にメモを──」

「エンジンを切れ」

「えっ？」

「お前の車だ。早くエンジンを切ってこい」

訳もわからず怒鳴られ、後ずさりすると、威嚇《いかく》するように近藤が車から降りてきた。

悦子は身構えた。だが――。

「お前の車、何ccだ？」

「えっ？」

「排気量だよ。幾つだ？」

カローラ一六〇〇。

「千六百ccですけど……」

「貸してくれ。俺のは千百しかないんだ」

言いながら、近藤はカローラの運転席に乗り込んだ。信じがたい光景だった。

「困ります！」

悦子は慌《あわ》てて助手席のドアを開き、所有権を主張する思いでシートに尻《しり》を滑り込ませた。

「ドアを閉めろ。向きを変える」

途端に近藤がハンドルを切った。器用な手さばきで車を切り返し、近藤の車の背後につけて止めた。運転席の窓を開け、エンジンを止め、ライトを消した。我が物顔。

「明日までだ。お前は俺のを使ってくれ」

返す言葉がみつからない。しかし事態はしっかりと把握していた。

やっているのだ。近藤は山野井を張り込んでいる。耳を澄ましている。洋館から車が出る音を聞いたら追跡するつもりなのだ。だが、いったい何のために？

悦子は鼓動が速まるのを感じた。

いや待て。落ちつこう。疑問より用件が先だ。思いも寄らない状況とはいえ、たった今、近藤宮男をつかまえている。

「近藤さん――R警人の原稿、まだ送っていただいてないですよね」

「……」

「私、困ってるんです。締め切りがきていて」

「俺はいい、載せなくて」

「そんな。どうしてです？」

「書くことがない」

「なんでもいいんです」

思わず声に力がこもった。

「お願いします。書いて下さい。近藤さんのだけ載せないってわけにいかないんです」

「俺は構わない」

「あなたが構わなくたって、こっちが――」

「とにかくいい。用件が済んだら降りろ」

「私の車です！」

悦子は近藤の横顔を睨《にら》みつけた。憎らしくてたまらない。

「近藤さん、ここで何をしてるんです？」

「……」

「捜査でしょ？　奥様から聞きました。例の主婦失踪《しっそう》事件を調べてるって」

「あの馬鹿《ばか》……」

忌《い》ま忌《い》ましそうに言って、近藤は窓の外に顔を突き出した。

「なんで一人でやってるんです？　近藤さんだけ知ってる証拠とかがあるんですか」

「……」

「昨日でちょうど事件から一年でしたよね。それに何か意味があるんですか」

「……」

――陰険！

こうなれば持久戦だ。悦子は後部座席のコートに手を伸ばした。車内では狭くてうまく着られない。毛布のようにして体を包む。

暗い眼がこちらに向いた。

「降りませんよ。私の車だし、原稿書くって約束してくれるまで」

舌打ちをされた。負けるものか。

「それに私もあの事件、興味あるんです。絶対に山野井が殺したんだって思ってますし」

また暗い眼が向いた。いや、黒目勝ちだからそう見えるのかもしれない。ともかく、その黒い瞳《ひとみ》に微《かす》かだが好奇の光が宿った気がした。

——チャンスってこと？

懐に飛び込め。安江のアドバイスはそうだった。

悦子は慌てて畳みかけた。

「ホントですよ。私、詳しいんです。ゆうべだって、新聞ぜんぶ読み返して——」

「だったら、わかったんじゃないのか」

「えっ？　何がです？」

「事件の真相だよ」

「そんなの前からわかってますよ。なのに釈放しちゃって。近藤さん、何か見つけたんですか。証拠とか、手掛かりとか」

近藤の唇が笑ったように見えた。

「それとも、山野井が何か近藤さんに話したんですか。ヒントみたいなこと」

今度は確かに頬が笑った。

「何も話しゃしないさ」

「じゃあ暴れたりとか？」

「あいつはおとなしかったよ。ちゃんと食って、ちゃんと寝て、取り調べのない時はいつも腹筋や腕立て伏せをしてた」

聞いたことがある。研修で留置場を訪ねた時に説明を受けたのだ。留置人は暇を持て余す。活字に飢え、そして体を動かしたがる。

「暇だったんですね」

「いや、あいつは毎日遅くまで調べられてたからな。体はくたくただったろうよ」

それでハッと思い出した。

「あれは何なんです？　ほら――山野井の奴《やつ》、日に日にギラギラしていきやがった」

半分は事件への興味で聞いていた。

返事がなかった。

しまった。悦子は唇を噛《か》んだ。その台詞《せりふ》の意図するところは妻の有紀子にも秘しているのだ。

それっきり近藤は黙り込んだ。何を聞いても口を開いてくれない。

悦子も腹を括《くく》るしかなくなった。

「この事件、迷宮入りですよね」

挑発したつもりだ。

「……」

「山野井は犯人じゃないってことですか。あんなに捜査してだめだったんだから」

「奴は人殺しだ」

怒気のこもった声が車内に響いた。

「えっ？」

「わかるんだよ。刑事にはわからなくてもな」

二十九年間看守として犯罪者を見続けてきた俺には。そう続く声が聞こえた気がした。

「でも、いまさら捜査したって」

「捜査じゃない」

「えっ？　だって今……」

「確認だ」

「確認？　何の？」

「降りろ！」

「えっ？」

近藤の目つきが違っていた。いや、悦子にも聞こえた。車の音がする。スポーツカー特有の重低音。山野井が動いた――。

「早く降りろ！」

そうしたかったが、足が動かない。頭はパニックに陥った。

「で、でも、原稿が――」

舌打ちとともに近藤がエンジンを掛けた。急発進で砂利が跳ね上がった。後輪を滑らせて十字路を折れた。猛スピードで突っ走る。洋館の前を瞬《また》く間に通過し、ジェットコースターのように坂を下る。前方に赤いテールランプが見えた。かなり先だ。悦子は声もなかった。これは遊びじゃない。それだけは理解していた。だが、どこへ行くのか？　確認？　何の？

「こ、近藤さん……どこへ？」

刹那《せつな》、自分の発した言葉に震え上がった。答えが脳を突き上げたのだ。
九谷エミ子を埋めた場所――。

6

三つ先の赤信号で追いついた。

濃紺《のうこん》のポルシェだった。

「よし。奴だ」

「でも――」

「この色のも持ってるのさ」

信号が青に変わり、ポルシェが飛び出した。一気に離される。カローラでは相手にならない。いや、近藤は無理に追いつこうとはしない。これは尾行なのだ。山野井に気づかれてはならない。悦子は生唾《なまつば》を続けざまに呑《の》み込んだ。幸い県道はかなりの交通量があった。間に車を一台挟んでマークする。と、突然ポルシェは左に車線を変えた。高速道路に入っていく。

「今日もか」

「えっ？　それじゃ……」

高速道路はガラガラだった。前方のポルシェの後部がふっと沈み込み、次の瞬間、爆発的な加速を見せた。速い。みるみる引き離されていく。近藤も右足を棒のように突っ張ってアクセルを踏み込んでいる。

「昨日はここでやられたんだ」

やはり昨日も尾行したのだ。千百ccでは振り切られた。だから。

百三十……百四十……百五十……。速度計の針が上がっていく。唸《うな》るエンジン。凄《すさ》まじい風切り音。ガタガタと揺れる車体。悦子は生きた心地がしなかった。近藤は微動だにせず、前方を睨み付けている。六十歳。信じがたい。アクセルは床に張りついたままだ。それでもポルシェは遠ざかっていく。山野井はいったい何キロ出しているのか。

瞬く間に県境を越えた。

「どこへ……？」

聞くのが怖い。だが、聞かずにはいられなかった。近藤は答えない。騒音で声がかき消されたか。

「どこへ行くんですか！」

「そのうちわかる——ポルシェについていければの話だがな！」

近藤は山野井の行き先を知っている。いや、行く場所は知らないが、行く目的は知っている。

悦子は怯《おび》えていた。やはり死体の在《あ》り処《か》なのだろうか。きっとそうだ、と思った途端、吐き気に襲われた。片手で口を押さえた。平気だ。我慢できる。駄目だ、追い打ちを掛けるように激しい振動が下から突き上げてくる。

目が眩《くら》む。胸が苦しい。もう限界だった。

ポルシェのテールランプは蛍よりも小さい。あれが闇《やみ》に呑み込まれてしまったら終わりだ。そうなってもいい。そうなって欲しい。悦子が願った、その時だった。蛍がふっと左に動いた気がした。道は緩いカーブに差し掛かっていた。

直線に戻った。前方の蛍が消えていた。

「くそっ！」

近藤がハンドルを叩《たた》いた。

「だめだ。今日もやられた」

「左！」

悦子は叫んでいた。

「何？」

「左です！　きっと高速を降りたんです！」

前方に「出口」の案内板が迫っていた。近藤は急ハンドルを切った。カローラは激しく横揺れしながら、出口へ向かう側道に突っ込んでいった。前方がカーブしている。狭い道幅。迫り来るガードレール。急ブレーキ。横滑り——。

「大丈夫か」

声に目をやった。車は止まっていた。フロントガラスの先、ポルシェはいま料金所を出るところだ。

「まだ行けるか」

優しい声だった。

「へっちゃらです」

口が勝手に動いた。その口から胃袋が出てきてしまいそうな気分だった。

カローラは急発進した。料金所を通った。県道。国道。猛スピードで追跡する。やがて市街地に入った。ポルシェが速度を落とした。ウインカーを出し、ファミリーレストランの駐車場に乗り入れた。身長百八十センチ。赤鬼の面相をマスクで隠した山野井が車から降り立った。のっそりとした動きで店に入り、窓際《まどぎわ》の席についた。ウエイトレスがメニューを差し出している。

近藤と悦子はカローラの中から店内の様子を窺《うかが》っていた。いや、悦子はほとんど目を開けていられなかった。脳が揺れている感じだ。断続的に吐き気と頭痛が襲ってくる。

「……埋めた場所じゃ……なくって……」

「埋めた場所？ ああ、そう思ってたのか」

「だって……」

意識が遠のいてきた。心地いい。

「じゃあ……なんでファミレス……」

「待ち合わせだよ」

「……え……だれ……？」

「九谷エミ子とだ」

「うそ……殺されたもん、彼女……」

「山野井とエミ子はグルだったんだ」

夢の中で声が聞こえた。

「隠せないもんなんだ。人を殺して間もない人間ってのはギラギラしててな、それが日を追うごとにだんだんと脂《あぶら》が抜けたようになっていくんだ。山野井は逆だった。留置場に入ってきた時はまっさらだったよ。それが日に日にギラギラしていきやがった。間違いねえ。奴は入った時点では誰も殺していなかった。だがな、留置場を出てから人を殺す予定があった、ってことだ」

7

二月一日――。

この日ばかりは、悦子も加藤印刷の社長も顔が綻《ほころ》びっぱなしだった。納品されたばかりの『R警人』二月号。悦子はページを捲《めく》った。インクの匂《にお》いが仄《ほの》かに香る。近藤宮男の写真が目にとまった。回想手記もちゃんと載っている。看守にまつわる話ではない。警察官を志す長男への手紙といった趣の一文だ。悦子が加藤印刷で出張校正をしている時に届いた。まさに滑り込みセーフだった。諦《あきら》めかけていただけに嬉《うれ》しくて跳び上った。近藤は後から電話してきて、「一夜をともにした仲だからな」と洒落《しゃれ》たことを口にした。

あの夜のことはまだ夢のようだ。

ただ、日が経《た》つにつれて、近藤の「看守眼」に理があるような気がしてきた。山野井とエミ子が共謀して九谷一朗を殺害した。そう考えれば、すべての辻褄《つじつま》が合ってくるのだ。

近藤が言ったように、当時の新聞記事にも二人がグルであることを示すヒントがあった。失踪前日の喧嘩《けんか》がそうだ。目撃者はエミ子の目の下が青く腫《は》れ上がっていたと証言していたが、殴られた直後だったのにもう腫れていたというのはおかしい。手首や手の甲にも青痣《あおあざ》があったことを考え併せれば、エミ子は日常的な暴力を受けていた疑いが濃く、加害者は夫の九谷だと考えるほうが自然だ。テレビカメラの前で号泣し、釈放された山野井を殺そうとまでした偏執的な愛情。その裏面にエミ子に対するドメスティック・バイオレンスが潜んでいた可能性を否定できない。

九谷殺害計画の動機もまた、そこに求められる。「殴られ妻」が抱え込む恐怖心はいかばかりか。どこへ逃げても必ず連れ戻され、さらにひどい暴力が待っている。自分が死ぬか、相手が死ぬ以外にこの地獄から遁《のが》れる術《すべ》はない。エミ子はそんなところまで追い詰められていたのかもしれない。わかる気がする。言葉の暴力は心を傷つけるだけだ。普通に生きていれば誰だって心なんか傷だらけだ。身体《からだ》に受けた深刻な暴力は心にも身体にも癒《い》えぬ傷を残す。心が思い出しては身体をいたぶり、身体が思い出しては心を切り刻む。たとえそれが一度きりのことであっても。

九谷を殺さず二人で逃げる。そんな話も出ただろうが、山野井は対人恐怖症で外出もままならない母親を置き去りにできなかった。溺愛《できあい》されて育った。妾《めかけ》だった母親の悲哀も知っている。その家庭環境が影響していたかもしれない。洪水のような報道合戦ですべてのプライバシーが暴《あば》かれながら、山野井の過去の女性関係はただの一つとして浮かんでこなかった。エミ子に一途《いちず》だった。心から愛していた。きっとそうだ。

山野井はエミ子を我が物にしたい一心で九谷の殺害を決意したのだと思う。

だが、首尾よく殺害に成功したとしても、遅かれ早かれ警察は二人の不倫関係を突き止める。強面《こわもて》の刑事に追及されればエミ子はひとたまりもないだろう。明晰《めいせき》な頭脳を持つ山野井は考えた。殺しても罪に問われない正当防衛。それが結論だった。エミ子を失踪させておき、山野井が殺したと思い込ませる。夫の異常さはエミ子から嫌というほど聞かされていた。山野井が釈放されれば九谷は必ずや復讐《ふくしゅう》に現れる。刃物も予想した。小柄な九谷は間違いなく凶器を手にして襲ってくる。それを奪い、逆に刺し殺す。思惑どおり正当防衛となれば無罪。たとえ過剰防衛に問われたとしても、執行猶予《ゆうよ》付きの判決を得られると踏んだ。

問題は演出だった。山野井がエミ子を殺したのだと確信させなければ九谷が動かない。だから芝居を打った。近所の人の目の前でエミ子を殴りつけた。車もそうだ。濃紺のも持っていながら、より目立つ真っ赤なポルシェで「失踪現場」に乗り付けた。スコップの指紋も車の荷物室の毛髪もすべてが自作自演だった。考えてみれば妙ではないか、盗まれなかったほうのスコップに犯人の指紋が残っていたなどという話は。エミ子もやってのけた。友人に泣きながら電話を掛け、怖い、殺される、と吹き込んだ。後はマスコミと警察に任せておけばよかった。シナリオ通り、凶暴かつ粘着質の不倫相手は殺人犯に祭り上げられた。

山野井は厳しい取り調べも楽々乗り切った。なにしろ本当に殺していないのだ、何度ポリグラフに掛けられても反応など出るはずがない。体が鈍《なま》らないように留置場では腹筋や腕立て伏せを欠かさなかった。もとよりスキーとゴルフの腕はプロ級だ。高い身体能力を兼ね備えた百八十センチの赤鬼は、九谷の奇襲に備えつつ、指折り数えて留置場を出る日を待っていたのだ。

そして、まんまと成功してみせた。

他の人間には発案しえない殺害計画だと思う。たとえ最終的に釈放されたとしても、あれだけの疑惑を掛けられれば普通の男は職をなくす。世間にも顔向けができない。だが山野井は仕事などしなくてもいい。遺産で食える。そもそも世間体などとは無縁のところで生きてきた男だ。マスコミで騒がれようが知ったことではない。エミ子さえ手に入れば後のことはどうでもいい。そう思っていたのではあるまいか。

五分ほど話をして別れた。山野井の供述は、その一点だけは真実だったに違いない。二人は、あのスーパーの駐車場で別れた。一年後の同じ日、隣県のファミリーレストランで落ち合う約束をして。

すべてが思い通りに運んだ。もし誤算があったとするなら、それはF署の留置場に近藤宮男という看守がいたことだろうか。

いや……。

あの夜のことが思い出される。

ファミリーレストランの駐車場。悦子と近藤はカローラの中で朝まで待った。だが、エミ子はとうとう現れなかった。山野井は窓際の席から動かなかった。おそらく、「約束の日」だった前夜もそうして一人で朝を迎えたのだろう。

エミ子が山野井の恋心を利用した。悦子はそう思う。狂言殺人を隠《かく》れ蓑《みの》にして蒸発を遂げたのだ。一年後の約束を果たすつもりは最初からなかった。山野井とは違う、マスコミに大騒ぎされるリスクを承知で出てきたりできない。ましてや世間が許さない。蒸発の理由をどう言い繕《つくろ》ったとしても、寝たきりの義父の面倒をみていた「できた嫁」が、夫を死なせた山野井とあの洋館で暮らすなどというスキャンダルを。

想像が膨らむ。今頃エミ子はどこかの街で新しい生活を始めている。山野井に持たされた金で顔でもいじったろうか。さらに美しく変貌し、男の一人や二人つかまえているかもしれない。

エミ子はただ、暴力を振るう夫を永久に葬《ほうむ》り、厄介《やっかい》な寝たきりの義父を捨て、人生をやり直したかっただけだった。確たる目的さえあれば、女は娼婦《しょうふ》の真似事《まねごと》ぐらいできる。喫茶店で偶然山野井と知り合ったというが、エミ子は最初から夫を殺してくれる男を探していたのではなかったか。

悦子は短く息を吐いた。

もう五時半だ。『R警人』二月号をバッグに二冊入れて課を出た。一冊は久保田安江に。もう一冊は近藤有紀子に。

近藤宮男は今夜もあのファミレスの駐車場だろう。二十九年間培《つちか》った自らの眼力を「確認」するべく朝まで粘るに違いない。窓際の席でエミ子を待ち続ける山野井一馬とともに。

羨《うらや》ましくもある。形のないものを信じて生きられる男というものが。そして、少しだけ応援したくなってもきた。

がんばれ、穴蔵刑事さん——。

庁舎の玄関に向かう途中、更衣室から出てきた高見婦警と一緒になった。

「さようなら」

二人同時に言い、同時に頭を下げた。

悦子はなんだか可笑《おか》しくなった。制服姿とは違って、真っ赤なダッフルコートを着込んだ高見婦警がとっても幼く見えたからだ。

自伝

I

そろそろ昼になる。

只野《ただの》正幸《まさゆき》は裏口から局の建物に入り、薄暗い関係者用通路を急ぎ足で抜けた。視界が開ける。吹き抜けの天窓で乳白色に変えられた光と受付嬢の都会的な面立ちが、『チャンネル5』の一階ロビーから地方臭を締め出している。

観葉植物の鉢植えで仕切られた軽食喫茶コーナーには、今が旬《しゅん》の局アナ、元木麻里《まり》絵《え》の嬉々《きき》とした横顔があった。年配の男たちのニヤけた顔が彼女を取り巻き、その一角だけバースデーパーティーでも開いているかのように華やいでいる。

無関心を装《よそお》い、只野は窓際《まどぎわ》に並んだテーブルの一つに向かった。探していた顔ではないが、スポーツ新聞を開く鈴木の仏頂面《ぶっちょうづら》が目にとまったからだった。只野がブレーンの一人としてスタッフ入りしている生活情報番組『わくわくワイド』の担当ディレクターである。

「ああ、只野ちゃん、早いね」

「鈴木さん、どうも」

人を見くだすような半開きの目がこっちに向いた。三十歳。只野より三つ下だ。

番組のブレーンと言えば聞こえがいいが、フリーランスの立場は弱い。以前、県の農政部が作製した県産品のPR本にライターとしてかかわり、その経験を買われて局から声が掛かった。番組内のコーナーの一つ、『あの村この町グルメな一品！』のリサーチを担当しているのだが、まさかそれだけで金を貰《もら》う気じゃないよね、といった嘲笑《ちょうしょう》混じりの空気の中、只野は本来鈴木がやるべき取材のアポ取りや現地での仲介など下働き的な仕事を押しつけられている。

だが——。

中身がなんであれ、仕事はないよりあったほうがいい。

席を勧める鈴木の手に気づかないふりをして、只野は腕時計を見た。零時を五分回っている。

「赤塚さん来ませんでした？」

その赤塚が、ブレーンの誘いを掛けてくれた番組プロデューサーだ。

「Pと約束?」

「ええ、呼ばれたんです。昼メシ食おうって」

早口で言って、只野は鈴木の目を探った。

「ふーん。さっき、サブにいたけどね。こっちには来てないよ。あの人のことだから約束したこと忘れちゃってんじゃないの」

惚《とぼ》け顔に変化はないが、おそらくは赤塚が只野を呼び出した理由を知っている。

只野はロビーを突っ切り、半地下にある副調整室のドアを細く開いた。入ってすぐ左手のミーティングテーブルにタイムキーパーの明美がいた。番組進行を記したQシートに目を這《は》わせている。声を掛けると、寝不足を思わす腫《は》れぼったい顔が上がった。

「あ、おはようございます」

「Pは?」

「あれ? いませんか?」

明美は長い髪を振って後ろを見た。スイッチャーの山本がいるだけだ。

「たった今までいたんですけど」

「控室かな」

独り言っぽく只野が言った時、背後で「いっけねえ!」と甲高《かんだか》い声がした。振り返る間もなく、赤塚プロデューサーがベタッと肩を組んできた。光沢のある黒のドレスシャツ姿だ。

「只野ちゃん、堪忍《かんにん》！　サクッと忘れてたよ。許して！」

コロンの匂《にお》いに噎《む》せそうになる。

「そんな、何でもないですよ」

「ヒョ〜、相変わらずクールだねぇ。只野ちゃんのそういうとこ好きさぁ。じゃ、行こっか、メシ！」

踊るように歩く猫背に従い、ロビーの軽食喫茶コーナーに戻った。元木麻里絵を見つけるや、赤塚は「よっ！」と一声掛け、取り巻きの男たちに対してはにこやかに軽口を叩《たた》いた。

さっき鈴木がいた窓際の席をとった。ランチの注文を済ますと、赤塚はヒヒッと笑って只野を見た。右の腋《わき》の下に左手を差し入れ、小さく後ろを指さしている。

「あいつらみんな会社の社長なんだと。何の会社だか知らないけどさぁ。見え見えだよね、麻里絵を抱きたくてウズウズしてやんの」

「誰だってそう思うでしょう、相手が元木さんなら」

麻里絵を持ち上げるふりをして赤塚をくすぐった。局内で二人の関係を知らない者はいない。

「あの……赤塚さん」

「なあに？」

「何か僕に話があるんでしょ？」

「あ、そうそう、そうだった」

赤塚は笑った顔のまま続けた。

「ワイドなんだけどさ、良く言えばリニューアル。来月の改編で時間枠が半分になるの。でね、それに合わせて只野ちゃんのグルメ一品のコーナー、涙を呑《の》んでカットということに決まったわけ。しょうがないよね、スポンサー氏がこれとこれとこれをやめろって、まあ、そういうことだから。またなんかあったら声掛けるよ。只野ちゃん、真面目《まじめ》だし、よく動いてくれたもん、こっちだって使いたいさ。そこんとこ、わかっといてほしいんだなぁ」

切られた。只野にとってここ半年、唯一《ゆいいつ》の「固定給」とでも言うべき実入りだったテレビの仕事を失った。

落胆が肩にずしりときたが、胸で膨らみかけた様々な負の感情は途中で萎《な》えた。こんなとき決まって頭に浮かぶ言葉があって、それが真一文字であらねばならないはずの唇の端を笑みに変えてしまう。

ただの不幸じゃんか。

中学に入ってすぐだった。いじめグループに胸の名札を毟《むし》り取られ、地面で踏みつけにされた。理由もわからぬまま散々小突かれた。独りその場に残され、しゃくりあげながら名札を拾い上げた。「只野正幸」。涙で文字がぼやけ、「正幸」が「不幸」に見えた。「ただのふこう」。見つめるうち、ふつふつと笑いが込み上げてきた。含み笑いになり、ついには声を立てて笑った。無性に可笑《おか》しかった。五歳のとき母に捨てられた。そんな引け目すら腑《ふ》に落ちてしまったような気がした。

「堪忍だよ」

声に顔を上げると、赤塚の瞳《ひとみ》に不安の翳《かげ》があった。

「ホントにごめんね、急な話で。この通りだから」

赤塚は拝む手で言った。「ギョーカイ人」を地でいく赤塚にしても多少の後ろめたさは感じているのだろうし、脅《おび》えたのだとすれば、只野の顔が笑って見えたということだ。こいつ、キレかかってる。そんなふうに受け取ったか。

先々のこともある。只野は真顔を作って言った。

「スポンサーが言うんじゃ諦《あきら》めます。次、また何かありましたらお願いします」

「もちろん！　さっき、そう言ったじゃん」

安心したのか、赤塚はランチのパスタに手をつけ、局の裏話などを喋《しゃべ》り始めた。

只野はカレーを口にしながら聞き役に回った。実際のところ、さしたる怒りも悔しさも感じていなかった。『わくわくワイド』は、在京キー局がこぞって始めた夕方の情報番組の猿真似《さるまね》で、下請けの制作会社も使わず、安易安直なお寒い内容の低予算番組だ。どのみち、あと半年一年で消えてなくなる。

ただ……。

只野の脳裏には預金通帳の残高がくっきりとあった。今月と来月はどうにか凌《しの》げるとして、それから先のことを考えると重たい溜《た》め息《いき》が口からこぼれ出そうだった。

「赤塚さん」

「ん？」

「本当にお願いしますよ。僕に出来そうな仕事が見つかったらすぐに――」

言い終わらないうちにポケットの携帯が鳴った。

「気にせず出て出て」

「すみません」

電話はライター仲間の磯部《いそべ》からだった。

〈奈緒美《なおみ》も玉砕！〉

「えっ？　何？」

〈何じゃないだろ。三番手のお前に回ってきたんだよ〉

「だから何が？」

電話の向こうで焦《じ》れったそうな舌打ちの音がした。

〈例の億万長者の自伝だよ。お前が書くことになったの！　三百万の仕事だぜ！　三百万！〉

あっ、と声が出た。打ち切りを言い渡されたショックが相当なものだったのだと、いま気づいた。頭から消し飛んでいたのだ、兵藤《ひようどう》電機会長、兵藤興三郎《こうざぶろう》の自伝――。

電話を切った途端、赤塚が言った。

「どうしたん？　恐い顔しちゃって」

「いえ、別に」

只野は残りのカレーをかき込んだ。

いつの頃からかそうなった。思わぬ幸運に巡り合うと笑みが引く。

2

三時過ぎにファミレスで磯部と合流した。やはりライター仲間の野口奈緒美も来ていて、磯部の脇《わき》に華奢《きゃしゃ》な体をちょこんと置いていた。二人は三年ほど前から一緒に住んでいる。ともに三十を越えたが籍を入れるつもりはなく、そもそもの同棲《どうせい》の理由がそうだったように、共同生活者然として乾いた関係を続けている。

只野が席につくなり、磯部が荒い手つきでコピー用紙の束を突き出した。

「はい、爺様《じいさま》の資料。バトンタッチだ、おめでとう」

顔に未練が張りついている。

「おめでとうはないだろ。俺だって追い返される可能性大じゃないか」

「けど、三百万の権利がお前に移ったのは確か。俺と奈緒美は完璧《かんぺき》にアウト」

「まさか、奈緒美まで蹴《け》られるとはな」

只野の言葉を深読みしたのか、奈緒美は拗《す》ねたように口を尖《とが》らせた。

「あたし、女として魅力ないんだと思うよ、きっと」

半月ほど前、酔った勢いで只野の首にしがみついてきた。ラブホテルの入口の前だった。しよう。奈緒美は呻《うめ》くように言ったが、しこたま焼酎《しょうちゅう》を飲んだ只野は今にも吐きそうなほど気分が悪かった。

この三人で『執筆集団T・I・N』を立ち上げたのが二年半前だった。自伝を自費出版するのが県内でもブームになっていると知った磯部が、「ゴーストの需要もあるんじゃないか」と言いだした。自伝本を請け負っているのは地元新聞社と大所《おおどころ》の印刷会社だが、そこにぶら下がってライターをするのではなく、自分たちでゴースト原稿を書いて印刷会社に持ち込めばピンハネに泣かされることもない。客は富裕層に限られるだろうから相当の実入りが期待できる――。

磯部があまりに熱心なので、ならば試しに市場リサーチをしてみようということになった。以前只野がスタッフライターをしていたミニコミ誌に頼み込み、格安の料金で小さな広告を載せてもらった。《自伝執筆のお手伝い。経験豊富なライターが誠心誠意やらせていただきます！》。個人名では信用が得られないだろうからと付けたのが三人のイニシャルを並べた『T・I・N』だ。無論、会社組織でもなんでもない、単なる客寄せの看板だ。

ぽつりぽつりと客からの注文が入った。だが実際にやってみると、市井《しせい》の人々の自伝をゴーストする仕事は労多くして利が少ない典型だとわかった。自分の人生を理路整然と語れる人間はいないということだ。ましてや、耳の遠くなった老人なんぞにぶつかれば聞き取りに膨大な時間が掛かる。昼間は別の仕事もこなさねば食べていけないから、自伝の執筆は徹夜の連続だ。それで一本当たりの収入が十万から多くて三十万。他の仕事が涸《か》れている時は助かるのでやめてしまう踏ん切りもつかないのだが、いずれにせよ、三人のゴースト熱はすっかり冷めた。当初、「誰が上客に当たっても恨みっこなし」と決めた、只野――磯部――奈緒美の執筆順も、最近では「誰が貧乏籤《くじ》を引いても恨みっこなし」に化けてしまった感がある。

だから先週、執筆の順番に当たっていた磯部から「三百万大当たり！」の連絡を受けた時は大いに驚いたし、羨《うらや》みもした。三百万円と言えば、体裁や厚みや刷り部数にもよるが、印刷製本も含めて一冊の自費出版本を出せてしまう金額なのだ。それを聞き取りと執筆だけのライターに支払うという。

只野は資料に目を落とした。

兵藤興三郎。七十七歳。県内外に百六十八の店舗を有する家電量販店「兵藤電機」の代表権を持つ会長。株式一部上場。資本金三百四十億円。昨年度の売上高は五千二百億円。経常利益百八十億円。従業員数七千八百人――。

「すげえな……」

只野は改めて唸《うな》った。すかさず磯部が毒を吐く。

「強引にでっかくしたのさ」

「ワンマンってことか」

「そいつを通り越して暴君さ。自分しか信じてないんだよ、自分の眼力しかな。縁故採用は会社を腐らすから絶対にしないっていうのが自慢らしい。採用試験の面接は何百人いても全部自分でやるんだと。実の息子まで採用試験で落としたっていうんだぜ」

「へえ、徹底してるんだな」

「バカ、感心すんなよ。そりゃあ、縁故をシャットアウトするっていうのは偉いさ。けど、息子にわざわざ試験を受けさせておいて失格の烙印《らくいん》を押すなんて、それって親のすることとか？　経営者として立派かどうかしらないけどよ、要するに血も涙もないってことさ。でまあ、金がなくてピーピーしてる俺も奈緒美も面接で不合格。書かせてやらんとさ。チクショウ、自分から呼んどいてコケにしやがって。あのクソジジイめ」

只野は無言で頷《うなず》いた。

自伝執筆を『T・I・N』に依頼してきたのは、村岡と名乗る兵藤の男性秘書だった。昨春、只野たちは兵藤電機の子会社の宣伝にかかわった。ビデオ制作会社を通じ、『チャンネル5』で流すCFの宣伝コピーの仕事が下りてきたのだ。早急に五パターン欲しいということだったので、三人で知恵を出し合って練り上げた。村岡秘書によれば、その宣伝コピーを兵藤がいたく気に入り、前々から考えていた自伝の執筆をこの書き手に託したいと言いだしたのだという。いつかこんなこともあろうかと、どこに出す企画書の封筒にも『T・I・N』の宣伝チラシを忍ばせてきた。三百万の仕事。初めて釣れた大魚。そのはずだった。

　喜び勇んで兵藤と対面した磯部は、「別の者を寄越《よこ》せ」と追い返された。そして今日、奈緒美も「お前では駄目だ」と兵藤に弾《はじ》かれたのだという。

　只野は普通の顔を作るのが難しかった。

　自分にチャンスが回ってきた。兵藤の「面接」にパスしたい。それには失敗談ほど役立つ参考書は他にないだろう。いったい何が兵藤の逆鱗《げきりん》に触れてしまったのか。目の前の二人に尋ねてみたいが、奈緒美はともかく、磯部に失敗の理由を聞くにはそれなりの勇気が必要だった。三百万。今現在の只野と磯部の生活状況を考えれば、仲間などという甘ったるい単語がこの場で霧散してしまったとしてもなんら不思議ではない金額だった。

只野は一つ空咳《からせき》をして口を開いた。

「なんか気が引ける。俺がうまくいったら少し回すよ」

「いいよ」

語気荒く磯部が制した。

「最初に決めたルールなんだからさ。書いた奴《やつ》の総取り。それでいかなきゃおかしいよ」

「一割回す。二人に三十ずつ」

「いいって！」

磯部は顔を紅潮させた。

「頼むからそういうのよそうよ。そんなの貰《もら》わなくたって、ちゃんと話すって。参考にしろよ。あの爺様な、本気で面接仕掛けてくるんだ。親のこととか、学校はどこ出たかとか、生活信条だの人生哲学は何かとか。もう嫌ってほどたくさんさ」

「採用試験の面接並みってことか」

只野は遠慮がちに問い返した。

「それ以上さ。質問責めっていうか、詰問《きつもん》されてるみたいな感じだよ。こっちは素っ裸にされていく気分さ。夢中で答えてたんだけど、やっぱ、ドギマギして言葉に詰まったり、言いよどんだりするだろ。そのうちにさ、爺様、突然立ち上がって、もういいみたいなこと言いやがって、それでジ・エンドさ」

只野は奈緒美を見た。

「あたしも同じ。イソに聞いてたから練習して行ったんだけど、全然うまく答えられなかった。質問の脈絡がないから慌《あわ》てちゃうの。それに怖いんだ、あのおじいさん。目とか声とかが」

只野は磯部に顔を戻した。胸からボールペンを取り出し、資料を手元に引き寄せた。

「メモしていいか」

「いいに決まってるだろ」

「授業料は払うよ。質問の中身、覚えてるだけ教えてくれ」

今度の「授業料」には憤《いきどお》ることなく、磯部は長い話を始めた。只野はペンを走らせながら何度も頷いた。確かに、兵藤がしたという質問は、事前に聞かされていなければ返答に窮するだろうと思われるものが多かった。

只野は上目遣いで奈緒美を見た。

足首と甲の間辺りに温《ぬく》みを感じたからだった。足の指……。靴下を通して、その感触が伝わってくる。円を描くような、悪戯《いたずら》っぽく爪《つめ》を押しつけるような……。

変わりたがっている。今を壊したがっている。

ぼちぼち終わりにしたいんだぁ、こんな毎日――ラブホテルの前で只野を誘ったあの日、炉端《ろばた》焼き屋のカウンターでそう呟《つぶや》いた奈緒美。

きっとエロじじいなんだよ。奈緒美が行けばイチコロさ――兵藤に追い返された夜、電話をしてきてそう言った磯部。

その言い様に嫌悪《けんお》を感じたのは確かだ。奈緒美をどうにかしてやりたい思いに駆られたのも本当だった。だが……。

只野は目線を資料に落とした。

声は今も耳にある。

愛ちゃんに時々声を掛けてあげてね――。

母の声はいつも不安そうだった。

只野が小学校に上がる少し前だった。二つ下の妹愛子が中耳炎をこじらせて耳の聞こえが悪くなった。ちゃんと聞こえているのかいないのか、背後から愛子の名前を呼んでやる。振り向いた時は振り向いたと、振り向かない時は振り向かなかったと、台所の母に知らせにいく。その都度《つど》褒められる。頭を撫《な》でられる。なのに母の顔に笑みはない。愛子のことが心配だから。愛子のほうが小さくて可愛《かわい》いから。

だが違った。母は愛子すら愛していなかった。外に男をつくり、父と離婚し、五歳と三歳の兄妹を置いて家を出ていった。

ただの不幸じゃんか。

自伝を残そうなどと考える人間の気持ちが知れなかった。ただの不幸か、ただの幸福か、そんなものをこの世に残すことに何の意味があるだろう。平凡な人生。特別な人生。本人が思うだけで、実際にはどっちもただの人生ではないか。

只野は足を引いた。

テーブルの下で、ピンク色のペディキュアが所在なく宙を彷徨《さまよ》った。

あの夜も只野は逃げた。焼酎に身体《からだ》が負けたのではない。新しい居場所を探し始めた奈緒美に畏《おそ》れをなしたのだ。

「アポはどう取ればいい？」

只野が言うと、磯部は顎《あご》で資料を指した。

「その隅っこの番号。村岡秘書の携帯だ」

「奥さんは死んでるんだよな」

「ああ、二十年前にな。息子も会社に入れてやらない頑固ジジイだ、とても面倒見切れないってんで、先に逝《い》っちまったんだろ」

五時前にファミレスを出た。

三十分ほどして奈緒美が携帯に電話を寄越した。

〈一つ教えてあげる。あなたが来る前にイソと話してたんだけどね、おじいさんが怒った理由、あたしたちが嘘《うそ》をついたからだと思うんだ。気に入られたくて、イソもあたしも随分と優等生の自分を作ったの。じゃあ、うまくやってね。あ、これ話したこと、イソには内緒にしてね。あなたには言うなって言われたから。お願いね、まだしばらく、あいつと一緒にいなくちゃならないんだから〉

3

明くる日は雨だった。

兵藤興三郎の自宅は市郊外の住宅地にあって、高い板塀でぐるりと囲われた敷地は只野の実家の数軒分の広さがありそうだった。

村岡秘書の携帯に電話を入れ、午後一番のアポを取ってあった。只野は久しぶりに袖《そで》を通したスーツとネクタイに我が身を縛られた気がしていた。割烹着《かっぽうぎ》姿の家政婦の案内で中庭に面した十畳ほどの客間に通された。まもなく村岡が現れた。五十年配の、色白でひ弱な感じの男だった。

「では、声を掛けてきます」

「お願いします」

只野はきちんと膝《ひざ》を揃《そろ》えて待った。重苦しい間だった。恭謙《きょうけん》。古めかしい主従関係を強いる空気が屋敷内に満ちている。

廊下で音がした。コッ、コッ、と杖《つえ》をつく音が近づいてくる。生唾《なまつば》を飲み下した時、資料写真よりやや鋭角な顔が部屋に入ってきた。皺《しわ》深く、眉毛《まゆげ》が異常に濃い。額は禿《は》げ上がって幾つもの染《し》みが重なり合い、耳の上にわずかばかりの白髪が覗《のぞ》く。ベージュのガウンを纏《まと》った身体《からだ》は病的に細く、鳥ガラのようだった。磯部が眉を顰《ひそ》めて言っていた。ありゃあ、長くないよ——。

その兵藤は、只野のことなど眼中にないといったふうだ。焦《じ》れったいほどゆっくりとした動きで座卓の向こうに回り込み、杖を支えに腰を割り、ようやく定位置とおぼしき座椅子《ざいす》に納まった。村岡がずっと後ろについていたが、介添えは禁じられているらしく、おずおずと部屋の隅に下がって正座した。

兵藤が只野に顔を向けた。

「面接」が始まる。只野は身を固くしたが、兵藤の口は動かない。窪《くぼ》んだ眼窩《がんか》の奥から、光のない瞳《ひとみ》でジッとこちらを見つめている。蛇だか鮫《さめ》だかの目。そう形容したのは奈緒美だったか。

「名前は？」

思いがけず力のある声だった。

「只野正幸――と申します」

答えてみて、口の中がカラカラに乾いていることに気づいた。

「なぜここへ来た」

意表を突かれた。

「そ、それは――兵藤会長の自伝を書くために、です」

「歳《とし》は幾つだ」

「三十三です」

「結婚は？」

「していません」

「独身主義者か」

「いえ……別にそういうわけでは……」

「いずれするのか」

「それはわかりませんが……」

嘘をついたから。奈緒美の言葉が頭の隅をかすめた。

「きっとしないと思います、結婚は」

「なぜだ」

家政婦が、どうぞ、と只野に茶を差し出した。助け船のようなタイミングだったが、その数秒間で波立った内面を落ち着かせるのは難しかった。

兵藤は腕組みをして答えを待っている。

三百万。心の中で天秤《てんびん》が左右に揺れるのを感じた。立ち上がられては困る。見切り発車の思いで只野は言った。

「……両親が離婚をしています。いまどき珍しくもありませんが、やはり私自身、家族や家庭といったものに幻想が抱けません」

「なぜ離婚した」

「幼かったのでよくわかりませんが、父が母を追い出しました。大阪に行ったとだけ父は言いましたが、おそらく、母の男関係が原因だったのだと思います」

口にしたのは初めてだったが、ことさら秘して生きてきたわけでもない。

「いつの話だ」

「私が五歳の時です」

「生まれはどこだ」

「市内の栗田町です」

「父親の仕事は？」

「長距離トラックの運転手でした」

「引退したのか」

「死にました」

「病気か」

「大酒飲みで、最後は肝硬変でした」

ふと胸のすく思いがした。正直であるということが、これほどたやすいことだったとは。

「いつ死んだ」

「十三年前です。私が大学二年の時でした」

「大学はどこを出た」

「S大を中退しました」

「なぜやめた」

「父が死んだからです」

「なぜ独力で続けなかった」

「そうまでして、という気持ちがありませんでした」

兵藤の目が尖《とが》った。

「お前には志がないのか」

「そう言われれば、確かにそうです。志と呼べるようなものを持ったことはありません」

正直が過ぎたか。言ってから思ったが、兵藤に席を立つ気配はなかった。

「職歴は？」

「こちらに戻っていろいろなアルバイトをやりました。長かったのは、広告が主体のミニコミ誌のスタッフライターです。それ以来、書く仕事が増えました」

「なぜ郷里に戻った」

「継母が病気がちだからです」

「何の病気だ」

「リューマチです。血圧もひどく高くて」

「どんな母親だ」

「優しい人です」

「実の母親は？」

「もう忘れました」

「忘れられるものなのか、実の母親を」

只野は返答に迷った。

あの晩のことは覚えている。灯の落ちた子供部屋にいた。布団《ふとん》を被《かぶ》っていた。父の怒鳴り声……。母の泣き叫ぶ声……。翌朝、家のどこにも母の姿はなかった。以来、母とは一度も会っていない。大阪に行った。消息について父から聞かされたのはそれだけだった。

只野は吐き出す息とともに言った。

「忘れることにしました。私と妹を捨てたわけですから」

兵藤は只野の目を見つめ、おもむろに茶碗《ちゃわん》に左手を伸ばした。口を湿らす。そんな飲み方をした。

茶碗を置いた直後だった。

「昭和元年、仲根村の貧農に生まれた」

只野は面食らった。

「父勘蔵《かんぞう》、母トシ。七人兄弟の六番目だった。田畑の手伝いが忙しく、学校へはほとんど行けなかった」

只野はバッグに手を突っ込んで小型のボイスレコーダーを掴《つか》んだ。「面接」にパスしたのだ。たった今、三百万円を掌中に収めた――。

「昭和二十年、わしは茨城県友部《ともべ》町の筑波《つくば》海軍航空隊にいた」

兵藤の話は突如、時代をジャンプした。

珍しいことではない。これまでゴーストした老人の多くが、時系列を無視して話をした。自分の語りたい順に語るのだ。戦争の体験談は格別らしい。どの老人も最初に話すか、最も長く語るかした。

只野は営業用の頷《うなず》きを重ねながらノートを開いた。

「四月八日に辞令を受けた。第二艦隊司令部付を命ず。至急向かえ――との内容だった。第二艦隊司令部は、旗艦である大和《やまと》の中にあった。わしは死を覚悟した。隊の内部の情報で、大和が沖縄に向け出撃することを知っていたからだ」

戦艦大和の生き残りということだ。

只野の胸には安堵《あんど》の思いが広がっていた。年間五千二百億円の商品を売りさばくワンマン会長とて同じなのだ。「時代の不幸」とでも言うべき戦争をくぐり、その自らの人生を特別なものだと信じ、生きた証《あかし》をこの世に残さんとしている憐《あわ》れな老人の一人に過ぎない。

「天一号作戦の命を受け、大和は出撃した。燃料も満足に与えられず、護衛の航空機もなかった。豊後《ぶんご》水道を抜け、沖縄に向かう途中、米軍機の波状攻撃を受け、佐多《さた》岬の南西九十キロの地点で撃沈された。だが——わしは大和に乗っていなかった」

只野は顔を上げた。

「乗っていなかった……？」

「大和の出撃は六日午後だった。わしが辞令を受けた八日には既に海の藻屑《もくず》となっていた。辞令の擦れ違いということだ。わしはそうして命を永らえた」

なるほど、と只野は頷いた。

兵藤興三郎自伝の大筋が頭に描けた気がした。運命の辞令ミス。一度死んだ人間。その特異な体験を原点に、兵藤電機創業から巨大企業へ成長するに至る壮大な立身出世物語が始まるのだ。

ノートにペン先を向けた、その時だった。

「わしは人を殺したことがある」

只野はまた顔を上げた。

「えっ……？」

眼前に、揺るがぬ黒い瞳があった。

「三十年近く前だ。愛する女を手に掛けた」

4

夜には雨があがった。

只野は値の張るステーキ店に磯部を誘った。日をおかず、今夜中に会ってしまったほうが互いにさっぱりするだろうと思った。

「お見事！　やったじゃん」

磯部の笑顔は正視に堪えないほど歪《ゆが》んでいた。

「なのにさ、なんか浮かない顔してないか？　まんまと三百万円せしめたっていうのに」

「そんなことないさ」

「おいおい、まさか俺に気を使ってるとかかよ？　よせって言ったろ、そういうの」

それもなくはないが、しかし只野の頭の大半は兵藤の台詞《せりふ》に占められていた。

〈わしは人を殺したことがある〉

〈愛する女を手に掛けた〉

あれは本当の話だろうか。

戦争中に？　最初はそう思った。ゴーストの聞き取りの最中に、敵兵を銃剣で刺し殺した過去をカミング・アウトした老人も実際にいた。だが違うのだ。兵藤は「三十年近く前」と言った。しかも、「愛する女」。つまり、平和な日本で起こった「普通の殺人」だということだ。

秘書の村岡はひどく慌《あわ》てていた。「今日はこの辺りで」と割って入り、無理やり只野を廊下へ連れ出した。そうされながら兵藤の顔を見た。表情一つ変えず、座椅子に凭《もた》れ掛かっていた。

三十年近く前……。兵藤はいま七十七歳だから四十代後半に起こした事件だと考えていい。磯部の話では、兵藤の妻が他界したのが二十年前。つまりは妻の存命中に、妻ではない女を殺した。ならば不倫相手。金に飽かして作った愛人。ほとんど死語になった「妾《めかけ》」だの「二号」だのといった男女関係を持っていたかもしれない。

「奈緒美のやつ、来れないってよ」

携帯を折り畳みながら磯部が言った。丁度、ステーキが運ばれてきたところだった。

磯部は肉を切る手ももどかしそうに三百グラムのレアにかぶりついた。

「もったいねえ。これを逃したら、次いつ食えるかわからないのにな」

　ふと思う。奈緒美はこんな一言に消耗しているのではないのか。

「で、爺様《じいさま》はどんな話をした？」

「……」

「どうしたよ？　ぼんやりして」

「ん、ああ、いつものパターンだ。貧しい子供時代プラス戦争だ」

「ふーん、それだけか」

「今日は初日だったしな。まあ、爺様のほうも慣れなくて、あっちこっち時代を飛んだり跳ねたりさ」

　女を殺したと告白した——。

　相手が磯部とはいえ、おいそれと口にできない話だ。いや、それだけではない。磯部にあっさり話してしまうのは惜しい。兵藤電機会長、兵藤興三郎の秘密を握った。その黒々とした思いは時間経過とともに只野の胸の中で確実に膨らみつつあった。

　村岡秘書の慌てぶりが、呆気《あっけ》に取られていた只野に事の重大さを気づかせてしまったようなところがあった。村岡は兵藤が殺人を犯した事実を知っている。もしくは何か気づいている。だからあれほど狼狽《ろうばい》した——。

兵藤に殺人の前科があるということか。

違うだろう。四十代後半、兵藤は既に企業家として成功を収めていた。そんな頃に起こした事件の前科ならば隠しようがないし、そもそも兵藤がいま会長職に座っていられるはずがない。

未解決の殺人事件。そういうことなのだ。警察の捜査をかいくぐって逮捕を免れたからこそ兵藤の現在があるのだ。

ステーキの味覚は消えていた。

なぜ殺したのか。

いや……。

兵藤はなぜ「自白」したのか。

とっくの昔に時効が成立している。だからか。

鳥ガラの身体が脳裏に浮かんだ。死期が近い。生きているうちにすべてを語りたい。そうした思いか。敵兵を刺し殺した老人がカミング・アウトした理由はまさしくそれだった。

だが、兵藤は名もない老人とは違う。兵藤電機会長としての立場がある。その会長が過去に殺人を犯したと告白したらどうなるか。会社の看板に傷がつく。経営的にも打撃を被《こうむ》る。縁故を断ち、実の息子ですら経営に参画させなかった。文字通り心血注いでここまでにしたその会社を兵藤自身の一言が傾かせる。

それでも語りたいということか。

特別な自分を活字に刻み、この世に残すために。それを果たせば、後はどうとでもなれと考えているのか。理解できない。兵藤という男は、どこかが壊れてしまっているのか。

「ホントにどうしちまったんだよ」

声にハッとした。磯部が怪訝《けげん》そうに只野の顔を覗き込んでいた。

「おかしいぜ、ずっとボーッとしてて」

「面接疲れだよ」

「役立ったか」

「ん？　何がだ？」

磯部は答えず、下を向いて肉の最後の一切れを口に放り込んだ。

心配するな、ちゃんと一割恵んでやるよ。只野は腹の中で毒突いた。

三十万も三百万もちっぽけな金に思えた。

仕事用のバッグは入店した時からずっと靴に触れさせてある。殺人の告白。バッグの中のボイスレコーダーは、兵藤電機南町店が「感度抜群！」を売り文句にしているお勧め商品だ。

5

布団《ふとん》に入っても寝つかれなかった。

襖《ふすま》越しにテレビの音が漏れ聞こえてくる。春代はまだ起きている。リューマチが痛んで眠れないのだ、きっと。

牛馬のような継母。だから受け入れることができたのかもしれないと時折思う。木の枝を連想させるほど細く、神経質だった母とあまりに違ったから。

只野は何度目かの寝返りを打った。

兵藤ではなく、自分のことを考えていた。

問われるままに父や母のことをぺらぺら喋《しゃべ》った。奈緒美のアドバイスがあったにせよ、あんな話ができたのは相手が自分とは無関係な人間だったからだろう。金に目がくらんでもいた。要は、「ただの不幸」を三百万で売り払ったということだ。

心のどこにも痛みはなかった。

はっきりした。心のどこにも母など存在していなかった。自分を言いくるめるまでもなく、只野の身の上はまさしく「ただの不幸」でしかなかった。

高校に上がる頃にはわかっていた。離婚家庭は増える一方だった。あいつの家は父親が出ていった。こいつの親も離婚するらしい。級友の暗い顔を盗み見ていた。みんな同じだ。親は子供のために生きているわけじゃない。自分は捨てられるのが少し早かっただけだ――。

足の甲に、奈緒美の指の感触が蘇《よみがえ》っていた。

しよう。今になって胸が波打つ。股間《こかん》が熱を帯びる。奈緒美との未来。あるのだろうか、そんなものが。

春代の乾いた咳《せき》が耳をついた。風が窓ガラスを震わせた。顔を押しつけた枕《まくら》は酸《す》っぱい臭《にお》いがした。

只野は闇《やみ》に目を開いた。

この家を出ようと思った。妹の愛子が三世代同居の園芸農家に嫁いで十年。自分の生活を変えたいと思ったのは、初めてのことかもしれなかった。

6

昼休みの県庁前通りは、ランチタイムサービスさえ設けていれば、どれほど不味《まず》い店の前にも行列ができる。

『純喫茶・好日』の店内は閑散としていた。黙々とコーヒーを淹《い》れ続けるちょび髭《ひげ》のマスター。詰まらなそうにコップを洗うビヤ樽《だる》のような女房。すすけて透明度の落ちた窓からは、『チャンネル5』のビルの三階辺りまでが見える。

二人掛けの席で、只野は『新日銀行』の西川と向かい合っていた。高校時代の同級生だが親しいわけではない。以前、道でばったり出くわした時、ライターをしていると話したら、『東西新聞』の資料室に知り合いがいるから紹介してやると自慢げに言ったのを覚えていた。

西川は二つ返事で只野の頼みを承諾した。

「じゃあ、電話しておくよ。この足で行くんだな？」

「ああ。悪いな、恩にきる」

「お安い御用だけど、でも何だい、調べごとって？」

「昔の事件さ。テレビ局には紙の資料が少ないんだ——じゃあ俺、行くわ」

中腰になった只野を西川が引き止めた。

「同窓会、来るか」

自分が幹事だから、「行くか」ではなく「来るか」になる。

「ああ、飛び込みの仕事が入らなければ行く」

「この歳《とし》になると出れるやつと出れないやつに分かれるよな」

それを俺の前で言うか。ムッとした内面が顔に出たらしい。西川は慌てて言葉を接《つ》いだ。

「いや、お前はすごいよ。フリーで頑張ってて。俺たちは所詮《しょせん》宮仕えの身だからな」

その類《たぐい》の台詞をこれまで何人に聞かされてきたことだろう。口がいつもの言葉を返す。

「賄《まかな》い付きの家があるからできるのさ」

「なあ、知ってるか。三十三から五がデッドラインなんだとさ」

「何の？」

「会社を辞める歳さ。三十五歳を過ぎるとガクッと少なくなるらしい」

気づかされた思いがした。逆も言えるのだ。強い意志もこだわりもなく、何となくフリーでやってきた人間が落ちつきたがるのも、丁度その三十代前半のような気がする。奈緒美がそうだし、磯部だって口には出さないが、きっと今の生活に嫌気がさしている。本当のところ自分だって——。

「ま、俺は辞めないけどな」

西川は笑っていた。

「お前みたいな度胸はないよ。だいいち、この不況の真っ只中に勤めを辞めるなんて言ったら女房に殺されちまうしな」

聞き飽きた台詞に、しかし只野の脳は敏感に反応した。殺されちまう。そのキーワードは兵藤の告白を蘇らせただけでなく、心に芽生えた先々への不安を煽《あお》った気がした。

礼もそこそこに店を出た。

急ぎ足で舗道を歩くうち、向こうからやってくる男女のグループの中に知った顔を見つけた。「P」だ。

近づいてから声を掛けた。

「赤塚さん、どうも、こんにちは」

「あ、どうも」

そのまま擦れ違った。

只野は足を止めた。振り向いて、光る生地の背中を見つめた。無関係な人間になっていた。たった二日の間に――。

隣の女と話していたからだ。そう思ってみるが胸の焦燥感は収まりがつかなかった。踵《きびす》を返し、赤塚の後を追った。すぐ先の交差点で信号待ちの背中をつかまえた。

「赤塚さん」

「な、何？」

赤塚は身を引く素振りをみせた。怯《おび》えを含んだ顔だった。

コロンの匂《にお》いに抗して耳打ちした。

「あの、僕がスポンサーを連れてきたら、自分のコーナーを持てますか」

赤塚は目を丸くした。

「はあ？」

「ですから仮に僕が――」

「そりゃあ、二つでも三つでもコーナーをあげるさぁ。なんだったら番組ごとそっくりあげちゃったっていいよ」

赤塚だけでなく、連れの派手な女もクスクスッと笑った。

顔がカッと熱くなった。

「また寄らせてもらいます」

早口で言い、只野は逃げる思いでその場を立ち去った。

7

東西新聞社を訪ねたのは午後二時を回っていた。

西川が紹介してくれた資料室の知人は、佐伯有美《さえきゆみ》という名の三十前後の女だった。新聞社の資料室といえば薄暗く黴臭《かびくさ》いイメージを抱いていたが、案内された部屋は、パソコン端末ばかりが際立《きわだ》つ、明るく小奇麗《こぎれい》なオフィスルームだった。室員のデスクには紙類が極端に少なく、データベースを管理する有美のデスクに至っては本立てや資料ボックスすらなかった。

「県内で起きた三十年近く前の殺人事件……？」

有美は復誦《ふくしょう》し、只野に椅子《いす》を勧めながら小首を傾《かし》げた。

「ええ。調べられますか」

「二十七、二十八、二十九年前辺りってことかしら？　近く、ということでしたら、三十年前は入りませんよね」

「そうだと思うんですが」

只野は曖昧《あいまい》に答えた。

「じゃあ、取り敢えず、その頃の新聞の見出しだけ拾ってみましょうか」

「忙しいところすみません。お願いします」

「あ、そんな、簡単ですから」

有美は椅子を回してパソコンに向き合った。幾つものキーワードを打ち込んでいく。面倒臭がっている気配はない。西川との関係を勘繰《かんぐ》ってしまうほどに有美は協力的だった。

十五分もしないうちにプリンターが動きだし、殺人事件を報じた新聞見出しの一覧がアウトプットされてきた。驚いたことに用紙は十五枚を数えた。件数にして二百は下るまい。

「こんなにたくさん……」

「ああ、違うんです。同じ事件の続報とかで相当ダブリがありますから。太字を追っていただければわかるんですが……。えーと、事件そのものの数は……全部で三十二件ですね。どうぞ、こっちのデスクを使ってお調べ下さい」

只野は丁重に礼を言って隣の空き机についた。

まずは太字で打ち出された三十二件の見出しを目で追った。すぐに犯人が捕まった事件や無理心中事件などは赤ペンで消していく。

数分で済んだ。残ったのは八件だった。その八件について、今度は続報記事の見出しと照らし合わせて一つずつ事件の内容を把握していく。殺された被害者が男であれば一件消える。女であっても子どもや老女は省いていい。兵藤は「愛する女」とはっきり言ったのだから。

只野は長い息を吐き出した。

八件のうち三件の被害者は男だった。老女が二件、幼女が一件。残る二件の被害者が「女」だったが、続報を追ううちに、その二件とも犯人が捕まり事件が決着していることがわかった。

未解決の殺人事件。そう決めつけていた。だが違った。兵藤が犯した殺人は、犯罪行為そのものが露見していないのだ。

死体は密《ひそ》かに処理された。

その結論に只野の全身は粟立《あわだ》った。

8

「理念は人に勝らない。それが兵藤電機の創業理念と言っていい。縁故で人など採っていたら会社はぬるま湯になる。ぬるま湯はやがて水になる。何百人何千人の人間がいようと、火を起こす人間がいなければ会社は凍りつく」

兵藤宅の客間には、張りのある主《あるじ》の声が延々流れていた。

「会社が切磋《せっさ》琢磨《たくま》の場にとどまってはならない。勝つか負けるか、生きるか死ぬか、二つに一つの戦場である。生まれも育ちも学歴も関係ない。わしは常に人物本位で社員を採用してきた。志があるか。戦いに臨み、勝ち抜く気構えがあるか。物を売るということへの強い執着心があるか。採用基準はその三点に尽きる。たった一つの例外は赤誠《せきせい》だ。これも買う。誠実さは志や闘志と等価だと考えている」

只野は伏目がちにペンを動かしていた。

大いに時代がかってはいるが、話している内容に破《は》綻《たん》はない。この二時間というもの、只野の耳は、兵藤が狂っても壊れてもいないことを確認し続けていた。だが——。

同じ耳なのだ。真っ当な人間であり、大企業の最高責任者でもある兵藤興三郎の告白を聞いたのも。

只野は顔を上げた。黒々とした瞳《ひとみ》がこちらを見つめていた。

「えーと、そろそろ本日のところは――」

部屋の隅で村岡秘書が言った。声も態度もおどおどしている。

このままでは帰れないと只野は思った。胸には疑念と不信感とがごちゃ混ぜになって渦巻き、噴出口を求めている。

只野は座卓に身を乗り出した。

「あの、会長――何点か質問してもよろしいでしょうか」

「おい、君！」

悲鳴のような声が部屋の隅で上がった。

立ち上がった村岡を兵藤が目で制した。その両眼がゆっくりと只野に戻された。

「聞きたいことがあるなら言え」

「はい……」

口中に唾液《だえき》が溜《た》まっていた。飲み下し、言った。

「会長が決して雇わないのは、どのような人物ですか」

すぐさま答えが返ってきた。

「努力もせずに夢を見る人間だ」

瞬時、只野は硬直した。自分の痛点を正確に狙《ねら》い撃たれた気がした。

兵藤は続けた。

「人は生き直すことはできない。その一瞬一瞬に百パーセントの力を注がない人間は生きている価値がない」

無価値……。

只野の心は尖《とが》った。

人を殺した人間が偉そうなことを言うな。

今にも口から出そうだった。

落ち着け。冷静になれ。そう何度も自分に言い聞かせた。

三百万だ。いや、もっと大きなものを得られるかもしれない。転機だ。またとないチャンスなのだ。今こうして兵藤興三郎と対面していることが、どん詰まりになってしまった自分の未来をがらりと変えてくれる可能性そのものなのだ。すべきことはわかっていた。もっと詳しく聞き出すのだ。兵藤が犯したという殺人に纏《まつ》わるすべての話を。

只野は目の端で座卓の上のボイスレコーダーを見た。「録音中」を示す赤ランプを確認した。

闇《やみ》の先を見つめる思いで兵藤の瞳を見据えた。

「一昨日のお話の続きはないのですか」

「何の続きだ」

「愛する女性を殺したという話です」

村岡が叫ぶよりも、それを制する兵藤の手のほうが早かった。

「何が聞きたい」

「もっと詳しくお願いします」

「一昨日話したものでは不足ということか」

「あれでは自伝に書けません。会長がご自分で言いだされた話なんです。もう少し具体的にお話し下さい」

「君！　もういい加減に——」

たまらず発した村岡を、またしても強い手が制した。

その手を戻し、兵藤は腕組みをした。

「正確には二十八年前だ」

「相手は？」

只野の声は上擦《うわず》った。

「相手の人はどこの誰です」

「言えん」

「言えない？　なぜです？　事件はもうとっくに時効になっていますよ」

「……」

「本当のことを話しておきたい。会長はそう思ってらっしゃるんじゃないんですか。だから一昨日、僕に——」

「道ならぬ恋だった」

「えっ？」

「互いに相手がいた。それでも六年間続いていた。殺さなければ、もっと長く続いただろう」

思わず只野はボイスレコーダーの赤ランプを見た。それと同時だった。兵藤が傍らの杖《つえ》を摑《つか》んだ。支えにして、ゆっくりと腰を上げていく。

「あの、話はまだ……」

「……」

「会長、もう少し聞かせて下さい」

「……」

兵藤は只野を見下ろした。

「次は五日後に話す。それが最後だ。百パーセントの力を出して自伝をまとめろ」

9

帰りの電車は混み合っていた。

只野は吊《つ》り革の動きに体を委《ゆだ》ねていた。

頭の中はモヤモヤしていた。

二十八年前の殺人……。

道ならぬ恋……。

初回よりも具体的な話を聞き出せた。握った秘密は深度を増した。なのに気分はどんより重かった。なぜ気分が重いのかわからないことが、さらに心を気鬱《きうつ》にさせていた。

疚《やま》しさか。人の秘密を握り、利用しようと考えている。

そんなことぐらいで心が軋《きし》む自分ではないことは知っている。実際に脅迫や恐喝をしたのならともかく、考えているだけということであるなら、只野は周囲にいるすべての人間を利用しようとしているし、五人や十人は鋭利なナイフで刺し殺している。

ならば……。

やはりそういうことか。気鬱さの原因に思い至って、只野は音のない溜《た》め息《いき》をついた。

兵藤が殺人を犯した二十八年前。母が去ったのも同じ二十八年前だった。只野が五歳の時。現在の三十三歳から五を引けば二十八。兵藤の話を聞きながら無意識に引き算をしていた。道ならぬ恋。あの古めかしいフレーズも母を連想させた。只野と愛子を捨て、男のもとに走った。

唇の端に笑みが浮かんだ。

大胆な想像が頭を巡ったからだった。「二十八年前」という偶然を介して兵藤と母が繋《つな》がっていた。二人は道ならぬ恋に落ちた。兵藤が母を殺し、だから母はあの日を境に只野たちの前から忽然《こつぜん》と姿を消した——。

そんな偶然がこの世にあってたまるか。

自嘲《じちょう》の笑みが広がり、だが、それがスッと引いた。

もう一つの偶然に思い当たったからだった。

無名のライターである只野が、大企業の会長の自伝を執筆することになった偶然。

いや違う。それは只野だけに起こったことではなかった。兵藤は村岡を通じて『T・I・N』に自伝執筆を持ち掛けてきたのだ。只野を名指ししたわけではない。磯部と奈緒美がたまたま「面接」で弾《はじ》かれ、だから自分に――。

只野は宙を見つめた。

たまたま…？

不意に身体が傾《かし》いだ。ギギギッと嫌な音がして電車が急激に減速した。駅ではない場所に止まった。車内アナウンスが人身事故の発生を告げた。

只野の息は荒かった。

たまたまではない……。もしそうだとしたら。

兵藤は『T・I・N』をダシに使った。最初から只野に書かせると決めていた。いや、只野に殺人の秘密を告白するために屋敷に呼んだ。

なぜか？

兵藤が殺した女が只野の母だからだ。

懺悔《ざんげ》。そんな単語が脳を突き上げていた。

自分は老い先短い。だから話そうと決心した。事の真相を。殺した女の息子に。

そうだとするなら、只野の不幸は「ただの不幸」ではなかったことになる。母は殺されていた。兵藤興三郎という男のせいで人生を狂わされた。
あらぬ妄想《もうそう》。

そうなのかもしれなかった。だが……。

常識的な判断が只野の脳に戻ってきていた。壊れても狂ってもいない大企業の会長が、自ら犯した殺人を自伝に書かせるはずがない——。

電車が動き始めた。

只野は身じろぎもしなかった。暗い窓に映った自分の顔が見知らぬ他人に見えた。ただ捨てられたのではなかった。只野自身の自伝は書き替えを迫られていた。

五日後——。

兵藤の屋敷は静まり返っていた。

もはや母のこと以外、聞くべき話はなかった。

只野は首を回して言った。

「村岡さん、ちょっと席を外してもらえませんか」

「な、なぜ……？」

「外せ」

兵藤が命じた。

泣きそうな顔を残して村岡が襖《ふすま》の向こうに消えた。

只野は兵藤を見据えた。

確信はない。だが、欲求と欲望と底知れぬ怒りが喉元《のどもと》の言葉を押し出した。

「僕を兵藤電機に入れて下さい」

兵藤は黙ったまま只野の目を見つめていた。

「幹部として採用して下さい。僕にはその権利があるはずです」

「……」

「あなたにはそうする義務がある。違いますか」

「……」

「母を殺しましたね」

「……」

「あなたが殺した。二十八年前に」

「……」

「入社が無理というなら金を下さい」

兵藤の手がスッと動き杖を握った。ゆっくりと立ち上がる。

「ま、待って下さい！」

「三百万は村岡から受け取れ」

抑揚なく言って、兵藤は歩きだした。

「待っ……待てって！」

感情が爆《は》ぜた。

「そんな端金《はしたがね》で誤魔化されてたまるか！　一生ちゃんと面倒みろ！」

「……」

「おふくろと六年間付き合ったって言ったよな。俺は誰の子だ？　ひょっとして、あんたの子なんじゃないのか！」

「帰れ」

兵藤は只野を見ずに言った。その細い身体が廊下へ出ていく。

只野は畳を蹴《け》って追いかけた。

「いいのか？」

ボイスレコーダーを突き出し、兵藤の顔の前に晒《さら》した。

「俺を役員として会社に入れろ。資産も分けろ。この告白テープをマスコミに流すぞ！　あんたは破滅だ、会社も潰《つぶ》れる。いいのかそれで！」

「それぐらいにしておけ」

最初は誰の声かわからなかった。

襖が開き、村岡が入ってきた。いや、この男は本当に村岡なのか。油断のない目つき。堂々とした態度。只野は呆気《あっけ》に取られて立ち竦《すく》んだ。

村岡は膝《ひざ》を折り、座卓の下に腕を差し入れた。取り出したのは最新型のボイスレコーダーだった。赤いランプが点灯している。

「恐喝罪の動かぬ証拠ってやつだ」

村岡は鼻で笑い、只野に名刺を差し出した。『兵藤興信所』の文字が目を刺した。

「言っておくが縁故でここにいるんじゃない。オヤジは俺の探偵としての腕は買ってる」

「じゃあ、あんたが――」

兵藤電機に採用拒否された息子。

只野は目を見開いたまま振り向いた。そこに兵藤の姿はなかった。杖をつく音だけがする。廊下を遠ざかっていく。コッ、コッ、コッ……。

引き戻すように村岡が言った。

「まず最初に誤解を解いてやる。お前は俺の弟じゃない。血液型が合わん。次に、お前の母親を殺したのはオヤジではない。おそらくはお前の父親だ」

胸を貫かれた。只野は声も言葉も失った。

「お前の母親と俺のオヤジは一緒になる腹を決め、それぞれ離婚届を書いたそうだ。オヤジのほうが先に決着をつけてから。そういう約束だったが、オフクロは判を押さなかった。お前の母親は焦《じ》れた。そして間もなく事件が起きた。離婚届を見せたか見られたかしたんだろう。逆上したお前の父親が母親を殺した——俺はそうみてる」

あの夜……。

父が怒鳴り、母は泣き叫んでいた……。

「オヤジはずっとお前のことを不憫《ふびん》に思っていたんだろうよ。自分が生きているうちに会社に入れたいと言いだした。だが俺のことがある。縁故採用はできん。だからオヤジは面接をした。自分が母親を殺したと思い込ませ、お前の本性を見ようとした。誠実か否《いな》かをだ。恨みつらみをどれだけ言おうが合格。強請《ゆすり》に及んだ時にのみ不合格。そう決めていた」

只野は突っ立ったまま聞いていた。脳も感情も動かなかった。

「交換だ」

村岡はそう言って、只野の手からボイスレコーダーをもぎ取り、代わりに自分のボイスレコーダーを握らせた。

「最後に一つ教えてやる。お前の母親は、お前と妹を連れて家を出るつもりだったそうだ」

外は風だった。

只野は駅への道を歩いていた。

自分の影が長かった。

白い猫が、塀の上からこっちを見ていた。

何もかも知っている。そんな目をして只野を見送った。

意識なく、瞳《ひとみ》が濡《ぬ》れた。何の涙なのかわからなかった。

滲《にじ》んだ名札が見えていた。だがその文字は、はっきりと読み取れた。

只野正幸――。

ただの正幸じゃんか。

少し足を速めた。これまでとはどこか違った可笑《おか》しさが、ふっ、ふっ、と込み上げてくるのを感じていた。

口癖

I

火曜と木曜は、ごみ出し、トーストの朝食、家裁の家事調停委員会。いつしか、そんな生活のリズムが出来上がっていた。

関根ゆき江は、グレーのスーツを着込んで居間に戻ると、テレビ画面の時刻表示に目を凝らして腕時計の遅れを修正した。少々急がねばならない。九時二分のバスを逃せば次は三十分後だ。それで行っても十時開始の調停にはぎりぎり間に合うのだが、調停委員が息せき切って部屋に駆け込むのでは格好がつかない。それに今日担当するのは離婚調停の新件だ。当事者と会う前に、ペアを組む調停委員と意見交換をしておく必要もある。

昼過ぎには戻ると夫に告げ、ゆき江は慌《あわ》ただしく家を出た。玄関に飾ったツユクサの白い花が残像を引いた。自分の誕生日だった昨日、ふと思い立って活《い》けたものだ。

五十九という年齢に特別な感慨はなかった。電話をくれた娘たちがからかい半分口にした「とうとう」とか「いよいよ」に何も感じなかったと言えば嘘《うそ》になるが、男のように「六十歳――定年――老後」の図式が刷り込まれているでもなし、老境を意識するということなら、初孫を腕に抱いた四年前のほうがよほど実感があったように思う。

バスの座席は皺《しわ》深い顔で七割がた埋まっていた。男は寡黙《かもく》だが、女たちは姦《かしま》しい。悪いのは嫁であり、お隣とお向かいであり、夫の親戚《しんせき》筋である。落語の持ちネタを連想させるそれらの話は、そのまま総合病院の待合室に場所を移して延々続けられるのだろう。ゆき江は、総合病院の二つ手前の「裁判所前」で降車ブザーを押した。その一瞬が好きだ。解放感と小さな優越感とが混じり合って指先を躍らせる。

F家裁は独立した建物ではなく、地裁庁舎の二～三階部分に併設されている。陽光をふんだんに取り込む南側の廊下には、その場の明るさとは対照的に、深刻な家庭内のトラブルを抱えた人々の陰鬱《いんうつ》な顔が行き交う。

ゆき江は正面の階段を上がり、家裁書記官室のドアを静かに押し開いた。

「おはようございます」

明るく声を掛けてきたのは堀田恒子《つねこ》だった。三十代半ばの家事部の書記官だ。年長者のあしらいが巧《うま》く、女性書記官にありがちなツンと取り澄ましたところがない。実際には二階フロアを仕切る「お局《つぼね》様」なのだと耳にしたことがあるが、そんなこととは露知らず、男の調停委員たちは恒子を褒めそやす。世の中、あんたみたいな奥さんばっかりだったら離婚調停だって減るだろうに――。

その恒子の長い指が書類を捲《めく》る。

「えーと、関根さんは新件ですよね？」

「そうです」

ゆき江は、いつもながらのもたついた手で出勤簿に印鑑を押すと、恒子に顔を戻した。

「綿貫《わたぬき》さんはもういらしてます？」

「ええ、先ほど控室に行かれましたよ」

普通に答えてから、恒子はひょっと同情顔を作って声を潜めた。

「大変ですね、綿貫さんが相調《あいちょう》じゃ」

ゆき江は笑い損ねた顔で曖昧《あいまい》に頷《うなず》いた。

相調――ペアを組む調停委員の片割れをそう呼ぶ。相性のいい人間と組みたいと考えるのが人情だが、誰が相調になるかは委員の与《あずか》り知らぬところで家事部が決める。

要はクジ運がいいか悪いかの世界だ。家裁調停の現況について、「調停委員の当たり外れが激しすぎる」といった批判の声をよく耳にするが、当の委員にしてからが、相調の当たり外れに一喜一憂しているというのが本当のところなのだ。

今回は大外れと言っていい。

六十八歳の元中学校校長、綿貫邦彦《くにひこ》は頑固で融通がきかない。「別れたがる妻」に殊《こと》のほか厳しいことでも知られている。前に一度、離婚調停で綿貫と組んだ時、ゆき江は男尊女卑なる四字熟語を久々に肌で感じたものだった。男の調停委員、とりわけ高齢の委員に「貞淑な妻」「糟糠《そうこう》の妻」を求める傾向が強いのは無理からぬこととして、しかし、夫の度重なる暴力に耐えかねて調停に縋《すが》った妻に対して、開口一番、「子供を父《てて》なし子《ご》にする気か」と詰め寄り、大泣きさせてしまった綿貫の居丈高な態度にはただ呆《あき》れるほかなかった。

ゆき江は書記官室を出て調停委員控室に向かった。今日開始される調停も「別れたがる妻」が申し立てたものだ。しかも子供が三人いる。半月前、相調が綿貫だと知らされた時から、ゆき江はそれなりに気持ちを引き締めていた。自分が意識的に妻の側に肩入れしなければ、著しく公平さを欠くことになりかねない。

控室には既に十五人ほどの調停委員が来ていて、茶飲み話に花を咲かせていた。新件に臨むペアが二組、話の輪から外れたテーブルで打ち合わせをしている。綿貫は窓《まど》

際《ぎわ》に突っ立っていた。こちらに背を向けている。新緑眩《まぶ》しい中庭の木々を眺めている
ふうだ。
「綿貫さん――」
声を掛けると、表情のない顔がゆっくりと振り向いた。
ゆき江は丁寧《ていねい》に頭を下げた。
「関根です。今回またご一緒させて頂くことになりました。どうぞよろしくお願い致
します」
「ああ、よろしく……」
いつもの尊大さがなかった。両眼もどんよりと濁っていて覇気が感じられない。ま
るで別人のようだ。
「綿貫さん、お身体《からだ》の調子でもお悪いのですか」
テーブルにつき、五分ほど打ち合わせをしたところでゆき江は尋ねた。どうにも話
に乗ってこない綿貫に業《ごう》を煮やしてのことだった。
「いや、実は……」
綿貫はあっさり吐露した。市の定期検診で胸部のレントゲン撮影をしたが、よから
ぬ影でも見つかったのか、昨日になって保健センターから再検査の通知が届いたのだ

という。

それしきのことで――。

耳に馴染《なじ》んだ言葉がゆき江の喉元《のどもと》にあった。

一昨年《おととし》死んだ母の口癖だった。気丈でプライドが高く、子供の躾《しつ》けにも厳しい人だった。くよくよしていると必ずその言葉を浴びせられた。それしきのことで泣いてどうするの。それしきのこと、さっさと忘れておしまいなさい――。

知らずにゆき江も引き継いだ。きつい口調でよく使ったものだ。内弁慶だった二人の娘に。社会から逃避しようとする夫に。そして何度となく挫《くじ》けそうになった自分に向けても。

ゆき江は顔を取り繕《つくろ》った。健康に自信をなくした男の脆《もろ》さは知っている。

「きっと間違いですよ。あんな妙ちきりんな車の中で撮影するレントゲンなんて信用できませんもの」

「だといいんだが……」

綿貫は強がりすら忘れていた。三年前に妻を亡《な》くしている。付き添いのいない孤独な入院生活を早々と想像してしまった顔だった。

今日はあんたが主導で進めてくれ。そう言い残して綿貫はトイレに立った。

ゆき江は一つ溜《た》め息《いき》をつき、テーブルに広げた書類に目を落とした。

『平成十四年（家イ）第３１５号　夫婦関係調整事件』

『申立人　菊田好美《よしみ》（29歳）』

『相手方　菊田寛治《かんじ》（30歳）』

綿貫があんな状態のままなら、ことこの調停に限り、菊田好美という女は幸運を引き当てたと言えるかもしれなかった。

ゆき江は書類を読み進めた。既に二度ほど目を通しているので大体のことは頭に入っていた。

菊田と好美は高校時代に付き合い始め、八年前に結婚した。子供は女の子ばかり三人で、八歳、六歳、五歳。長女の年齢から察するに、最近流行《はや》りの「できちゃった結婚」だったということだろう。数年前から夫婦の関係が冷えきり昨年別居。好美は現在、娘たちを連れて実家に戻っている。その好美のほうから再三に渡って協議離婚を申し入れたが菊田は応じず、今回の調停に至った。

理由は――。

好美が調停を申し立てた動機欄には、例示されている項目の半分以上に丸が付けられている。「性格が合わない」「異性関係」「酒を飲みすぎる」「浪費する」「精神的に虐待《ぎゃくたい》する」。一月前に行われた家裁調査官の聴取に対しては「夫と一緒にいるくらいなら死んだほうがマシ。一刻も早く離婚したい」とストレートに心情を訴えている。

ゆき江はドアに目をやった。元検事の委員が入室してきたところだった。相調の元保健婦が頭を下げている。

綿貫はトイレから戻らない。直接、三階の調停室に向かったのかもしれないとゆき江は思い、時間は少し早いが書類を抱えて控室を出た。

階段を上り始めてすぐだった。上方に菊田好美の背中を見つけた。脳がそう判断したのは、地味なスーツ姿の彼女が、書類にあった年齢に符合する三人の女の子を連れていたからだった。上の二人は揃《そろ》いのワンピース姿だ。末娘とおぼしき園児服の女の子は白髪混じりの初老の女と手を繋《つな》いでいた。好美の母親と見て間違いなさそうだ。

末娘が笑った。どうした拍子か、次女の靴が片方脱げてしまったからだ。

一声掛けよう。小さな決心をしてゆき江は階段を上る足を速めた。私が担当します。あまり緊張しないで。それぐらいのことは言っても差支えないだろうと思った。階段を上がりきったところで追いついた。ゆき江の足音に気づき、好美と母親が同時に振り向いた。

ゆき江は息を呑《の》んだ。

なぜ自分がそんな反応をしたのかわかるまでに数瞬を要した。

見覚えがあったのだ。好美に。いや、母親のほうの顔に。

その母親が緊張した面持ちでゆき江に会釈《えしゃく》した。

「すみません。待合室はどちらでしょうか」

ゆき江は右を指さした。言葉は不自然なほど遅れて出た。

「中立人の待合室ならあちらです」

「あの——」

今度は好美が口を開いた。おどおどしている。

「相手方と一緒になることはないんですよね？」

「ありません。待合室は別々ですので御心配なく」

頭を下げる二人に背を向け、ゆき江は調停室の並ぶ廊下に足を向けた。

その足が微《かす》かに震えていた。

まさかと思う。

しかし見間違うはずがない。「あの女」の顔に限って——。

ゆき江は第三調停室に入った。綿貫の姿はなかった。投げ出すようにして書類の束を机の上に広げ、せわしい手で捲った。動悸《どうき》が激しかった。戸籍謄本《とうほん》を探り当てる前に、身分関係図に書き込まれた苗字《みょうじ》が目に飛び込んできた。

身体中の汗腺《かんせん》が開いた気がした。

やはりそうだった。

菊田好美の旧姓は『時沢《ときさわ》』——。

2

しばらくは呆然《ぼうぜん》としていた。

ゆき江は壁の時計に目をやった。調停開始まであと十五分ある。椅子《いす》に腰を下ろした。心を落ちつかせるためにそうした。

知人——そうであるなら、規則に従ってこの調停から下りねばならない。大都市とは違う。地方で長年調停委員をしていれば、誰しも一度や二度はこうしたケースにぶつかる。ゆき江も昨年経験した。新件として回ってきた養子縁組無効事件の申立人が顔見知りの地名研究家だった。ゆき江は大学を出てから県立図書館で長く司書をしていた。その時分、彼の資料調べを何度か手伝ったことがあったので、書記官に事情を話して別の委員に交代してもらったのだ。

だが……。

菊田好美。その母親の時沢糸子《いとこ》。彼女らは果たして知人と呼べるだろうか。二人と話をしたことは一度もない。顔見知りと言ったって、ゆき江が一方的に知っているだけのことなのだ。

ゆき江は目を閉じた。

叢雲《むらくも》のように当時の記憶が蘇《よみがえ》る。十二年前、いや、もう十三年前になるのか。

当時は県営の「マンモス団地」に住んでいた。長女のみずきが食品卸《おろし》問屋に就職し、下の奈津子《なつこ》が県立高校の二年生に進級した年だった。小学校教諭だった夫の房夫《ふさお》は、二年間の休職を経て三月《みつき》前に教職を辞していた。自律神経失調症。当初の病名はやがて心身症に書き換えられ、精神科への通院を余儀なくされた。

ゆき江は人生の視界を失っていた。追い打ちを掛けたのが奈津子の不登校だった。

梅雨《つゆ》明け間もない七月、奈津子が突然学校に行かなくなったのだ。

体調が悪いの。奈津子は毎朝布団《ふとん》を被《かぶ》ったままそう言った。どこがどう悪いのか尋ねても答えない。熱も計らせない。それしきのことで——。最初のうちこそ発破《はっぱ》をかけたが、次第に心配になった。とにかく一度病院で診てもらおうと寝床の手を引くと、奈津子は泣き叫んで激しく抵抗した。普通ではなかった。その段になって、身体の病や怠学ではなく、自分の娘が不登校という現実に直面していることを悟った。

ゆき江は困惑するばかりだった。奈津子が不登校に陥った原因が思い浮かばなかった。学校の成績はまずまずだったし、本人からも個性豊かな先生が多くて授業は面白いと聞かされていた。マンドリン愛好会の練習をさぼったこともなかった。野球部のマネージャーのようなこともやっていて、男の子から家に電話が掛かってくることもあった。奈津子は楽しい青春時代を過ごしている。ずっとそう思っていた。

だが……。

いじめに遭っているのかもしれない。ゆき江が漠然とした疑いを抱いたのは、奈津子が滅多にクラスの話題を口にしないことに思い当たったからだった。奈津子は「そんなのない」ときっぱり否定した。学校にも出向いてみたが、クラス担任は首を捻《ひね》るばかりだった。そんな折、奈津子が大切にしていた陶製の貯金箱が押し入れの中から消えているのに気づいた。幼い頃からお年玉を貯《た》め込んでいて、銀行に預けなさいと言っても、貯金箱を割るのが嫌だと聞き入れなかった。十万円。いや、それ以上入っていたろう。いったい何に使ったのか。ゆき江が問いただすと、奈津子は「知らない」と言い張り、最後には「泥棒に入られたのかもしれない」「お姉ちゃんが盗んだんだと思う」と出まかせを言い募《つの》った。

奈津子の態度が和らいだのは夏休みに入ってからだった。自室に籠《こ》もる時間が減り、わずかながら表情に明るさも戻った。学校が休みであることが奈津子に変化をもたらしたのは明らかだった。それは、いじめの存在を改めて疑わせもした。貯金箱のことも気掛かりだった。誰かに金を脅し取られていたのではないのか。折しも学校内での悪質な恐喝事件があちこちで明るみに出て、連日新聞やテレビを賑《にぎ》わしていた。

不安と疑念を胸に抱えつつも、奈津子が少しずつ持ち直していくさまを、ゆき江は救われる思いで見守っていた。何があったか知るのは後回しでいい。奈津子が以前の奈津子に戻ってくれることをただ望んだ。その思いが伝わってか、奈津子はゆき江を煙たがらなくなり、お盆を過ぎた頃には誘えば買物にもついてくるようになった。なのに——。

近くのスーパーでのことだった。傍《かたわ》らの奈津子が刺し身を食べたいと言うので特売の品に目を這《は》わせていた。

視線を感じた。

顔を向けると、通路の先に背の高い少女が立っていた。奈津子と同じ高校の制服。手にはテニスラケットを挟んだスポーツバッグを下げていた。

怖い目。ゆき江はそう感じた。少女は顎《あご》を引き、挑むようにこちらを見つめていた。

ゆき江を見ていたのではない。少女の視線はまっすぐ奈津子に向けられていた。その時の、奈津子の反応が忘れられない。俯《うつむ》いた顔は紙のように白く、微《かす》かに唇を震わせていた。「誰？」と小声で聞いたが答えなかった。ゆき江が通路に目を戻すと、少女は菓子の袋を手に歩きだしたところだった。レジの近くで母親らしき女と合流した。軽いウェーブのかかった栗色の髪。スカイブルーのサマーセーターに花柄のフレアスカート。都会の空気を身に纏《まと》ったような印象を与える華やかな女だった。

その日を境に奈津子はまた外出をしなくなった。ゆき江は思い切って聞いた。「あの娘《こ》にいじめられているんじゃないの？」。奈津子は目を剝《む》いて叫んだ。「ほっといて！　余計なことしたら、あたし死ぬからね！」――。

夫に相談できないのが辛《つら》かった。

家には不登校の子供が二人いるのも同じだった。房夫は自室に籠もっていることが多かった。何もせず、何も語らなかった。

心身症という病名が、ゆき江を苦しめもした。姑《しゅうとめ》は世間体を気にした。房夫が精神科に通院していることを誰にも漏らすなと再三言ってきた。房夫の将来だけでなく、みずきと奈津子の結婚にも響くと声を潜めた。ゆき江もそのことを最も恐れていた。心の病を疎《うと》んじ、蔑《さげす》んでいた。自分の祖父母や両親から至極当然のこととして刷り込まれた根深い偏見は、たとえ自分の夫だからといって易々《やすやす》と消えてくれるものではなかった。

スーパーで会ったあの母子《おやこ》が、県営住宅の一番南に位置するK棟の「時沢」であることは、町会役員からそれとなく聞き出した。一人娘の好美は奈津子と同じ二年生で、隣のクラスの生徒だということもわかった。

何度押しかけようと思ったことだろう。好美は奈津子に何をしたのか。それを突き止め、謝罪させ、二度と奈津子に近づきませんと約束させたかった。

ゆき江はとうとう実行しなかった。悔いが今も棘《とげ》のように胸に残っている。余計なことをしたら死ぬと奈津子は言ったが、そうまで言わせた苦しみの深さを思えば、母親として、娘の苦悩を取り除くために「時沢」のドアを叩《たた》くべきではなかったか。

怯《おび》えていたのだ。団地内で揉《も》め事を起こしたくなかった。騒ぎ立てれば奈津子の不登校が人の噂《うわさ》にのぼる。房夫の病のことまで知られてしまうかもしれない。だから、ゆき江は行動が起こせなかった。ビクビクしながら日々を過ごしていた。世間の目と耳と口をなにより恐れていた。

ゆき江は目を開いた。

当時の思いが胸を埋めつくして痛みを感じるほどだった。

壁の時計に目をやる。調停開始まであと三分。まだ迷っていた。知人ではない。だが、時沢母子に特別な感情を抱いていることは否定のしようもない。非常勤とはいえ、調停委員は国家公務員だ。やはり下りるべきか。

ゆき江は再び目を閉じた。

真っ赤なスターレットが瞼《まぶた》に浮かんだ。

時沢糸子。彼女は幸せそうだった。ゆき江と同じ団地住まいでありながら、洒落《しゃれ》た服を着て、高い肉を買い、自分専用らしきスターレットで美容院に乗り付けていた。ピカピカに磨き上げられたそのスターレットによく追い越された。団地からスーパーへ向かう坂道の途中だった。汗だくでペダルを漕ぐゆき江の自転車籠《かご》にはいつも安売りのチラシがあった。房夫の面倒をみるため、長年勤めた図書館司書の仕事は辞めていた。マイホーム用の貯金を切り崩して月々の部屋代を払い、姑が口止め料のように寄越す金を医療費に充《あ》て、勤め始めたばかりのみずきの薄給で一家四人食べていた。これしきのことで——口の中で繰り返すうち涙が溢《あふ》れたこともあった。

秋になって団地から赤いスターレットが消えた。

郊外に大きな家を建て、越して行ったのだという話がしばらくして聞こえてきた。夫は空調設備会社の課長で、だから新居はセントラルヒーティングなのだと言う人もいた。

しかし、その後はどうしたのか。

さっき目にした時沢糸子の老《ふ》け込みようといったらなかった。白髪混じりだったせいもあるだろう。確かゆき江より三つ四つ下のはずだが、六十をとうに過ぎているように見えた。体型も崩れ、ウエストにゴムが入ったようなズボンを穿《は》いていた。とてもではないが郊外のお屋敷で悠々自適の老後を送っているようには見えなかった。

知らずにゆき江の顔は綻《ほころ》んだ。

奈津子は行ったり行かなかったりの高校生活を過ごしたが、どうにか卒業だけはできた。歯科衛生士の資格を取り、勤めた歯科医院の跡取り息子に見初《みそ》められて絵に描いたような玉の輿《こし》に乗った。披露宴の席上、新郎が読み上げた一文がまだ耳に残っている。「こんなにも優しく、しっかりとした女性に育ててくださったご両親に深く感謝致します」。一昨年、子供もできた。奈津子は幸せそうだ。真っ赤なドイツ車を走らせて、月に一度は孫の顔を見せにやってくる。

あっちはどんな育て方をしたのか。

若くしてろくでもない男とくっつき、三人の娘をもうけながら、挙げ句は離婚したいと家裁に泣きついてきた。

勝った。あけすけな感情が脳を突き上げた時、調停室のドアが開いた。

綿貫だった。

「あれ？　まだ来てないのか」

ゆき江は腕時計を見た。十時丁度だった。

「じゃあ、呼んでくるか」

頷《うなず》いていた。心は。

「どうした？　まだ呼んじゃまずいかい？」

ゆき江は視線を上げて言った。

「お願いしてよろしいですか」

「ああ。お安い御用だ」

ドアが閉まった。

仕返しではない。ただ、時沢母子の「その後」を覗《のぞ》き見てみたい。昔と今の立場が逆転した事実を、自分の目と耳で確認したかった。

後ろめたさはなかった。

ゆき江は右腕を摩《さす》った。あの坂道の、赤いスターレットの風圧がはっきりと感じられていた。

3

綿貫が部屋に戻り、ゆき江の横の椅子にどっかと腰掛けた。ややあって、ドアにノックの音がした。

「失礼します」

菊田好美は俯き加減に入室し、おずおずと正面の椅子に腰を下ろした。そうしてから、ゆき江の顔を見つめ、あっ、と小さく叫んだ。

鳥肌が立ったが、次の瞬間、好美は頭を下げた。

「さっきはご親切にありがとうございました」

そう、気づくはずがなかった。ゆき江は名乗っていないし、好美とニアミスをしたのは十三年も前。しかも一度きりのことなのだ。ゆき江にしたって、階段にいた母娘《おやこ》を二人同時に見たからこそ思い当たったのだ。仮に今日、時沢糸子が付き添いに来ていなかったとしたら、あの日スーパーで会った少女の顔と好美をダブらせることなどできなかったろう。

「どういたしまして」

抑揚なく答えて、ゆき江は綿貫に顔を向けた。すぐさま、「どうぞ」の目配せが返ってきた。実際に調停が始まれば主導権を握りたがるに違いないと思っていたが、読みが外れた。内心期待していたのだ。綿貫がいつもの峻烈《しゅんれつ》さで好美を責め立ててくれることを。

ゆき江は机に身を乗り出して指を組んだ。

「最初にお話ししておきますが、調停というものは裁判と違って、善悪や白黒の決着をつける場所ではありません。私たち調停委員が間に入り、双方が納得できる公正で妥当な合意を探し出す場です。私たちは一緒に知恵を絞り、協力を惜しみませんが、あくまで、あなたたち夫婦の問題であり、あなたたち自身が解決策を考えるのだということを忘れないで下さい」

菊田好美は身じろぎもしない。神妙に聞いている。ゆき江の目にはそう映っていた。

「それから、今ここにはいませんが、調停委員会は私たち調停委員二人と家事審判官の三人で組織されています。審判官は現職の裁判官で、毎回私たちが書く報告書を読んで――」

「あのぅ」

やにわに好美が心配そうな声を出した。

「毎回って、全部で何回やるんでしょう？」

ゆき江は呆気《あつけ》に取られた。話を遮《さえぎ》られたのもそうだが、まだ聴取も始まらないうちから調停の回数を教えろという。

一つ咳払《せきばら》いをして答えた。

「ケースバイケースですが、三回から六回ぐらいが多いようです」

「六回？　それだと、どれぐらい掛かるんですか」

「調停はだいたい月に一回のペースで行われますから――」

「じゃあ半年？」

またも遮られ、ゆき江は好美を小さく睨《にら》んだ。いったいどういう育てられ方をしたのか。

「半年も待てません。本当にもう早く別れたいんです。とにかくひどい人なんです。最低の男です。父や母や友だちもみんな別れたほうがいいって――」

今度はゆき江が話を遮る番だった。

「ちょっと落ちついて。一つ一つちゃんと聞いていきますから」

ゆき江は書類を捲《めく》った。意識して言葉を崩す。

「高校時代から付き合っていたのね？」

「本当言うと、中学三年の時からです。しつこく言い寄られて仕方なく付き合ったんです。あの人、マセてました。当時からすごく女好きだったんです」

青春時代の想《おも》い出《で》まで丸ごと離婚材料に使う腹積もりのようだ。

「でも、最初はあなたも好きだったんでしょう？　六年も付き合って、結婚までしたわけだから」

好美は微かに困った表情を覗かせたが、夫をなじる勢いは衰えなかった。

「同じ高校に行ったので、それでズルズルという感じでした。あの人、独占欲がものすごく強いんです。私が他の男の子とかに興味を示すと怒鳴りつけたりして。何度かぶたれたこともありました」

「きっと、あなたのことが好きでたまらなかったのね」

暴力夫の片鱗《へんりん》を伝えたつもりが、言葉を逆手《さかて》に取られて好美はムッとした。綿貫はゆき江の顔をちらりと見た。夫側に肩入れしたともとれる発言が意外だったのだろう。

ゆき江は無言で書類を捲った。

高校時代の話を引っ張りたかった。なぜ好美は奈津子をいじめたのか。金を巻き上げたのも好美だったのか。会話の中から探り出す手立てはないかと思案を巡らしていた。

だが、この調停の場でこちらから水を向けるのが難しいことも十分にわかっていた。

「あの人に、私と別れてくれるよう命令して下さい」

ゆき江の眼前で、肌も心も荒らした憐《あわ》れな女が口を尖《とが》らせている。奈津子を思い浮かべた。赤ん坊を抱き、ピカピカの外車から降りてくる笑顔の奈津子だ。

ゆき江は小さく息を吸った。

「それでは具体的なことを聞いていきます。まず、調停を申し立てた動機。たくさんあるようね」

「ええ」

「ご主人の異性関係を疑っているんでしょう？」

「そうです。いっぱい浮気してました」

「不貞の証拠とかは持ってるの？」

「そんなのありませんけど、わかります」

「なぜわかるの？」

「ホテルのマッチとか香水の匂《にお》いとか、携帯だってしょっちゅう鳴ってたし」

口から出まかせを言っているように感じられた。

「精神的な虐待《ぎゃくたい》。これはどういうこと？」

「いろいろです。数えきれません」

「例を挙げてみて」

「私のことを無視したり、他の女の人のことを大袈裟《おおげさ》に褒めたり。あそこんちの奥さんは続けて男の子を産んだとか」

「ご主人は男の子を欲しがってるの？」

「嫌味で言ってるだけです。子供なんかちっとも可愛《かわい》くないんです。別居してから一度だって娘たちに会いに来ないんだから」

好美は苛立《いらだ》ちも露《あらわ》に荒い息を吐き出した。

「ねえ、こんな話いくらしたってしょうがないでしょう。それより、あの人のほうを説得して下さいよ。向こうがうんって言えばすぐに別れられるんだから」

ゆき江は書類の綴《つづ》りを閉じた。それなりの間を作ったが、綿貫の怒鳴り声は響かなかった。こんな時、男は自分のためだけに生きているのだと思い知る。

好美のむくれ顔を見つめ、ゆき江は低い声で言った。

「そんな簡単なことじゃないのよ。三人も娘さんがいるんだし」

「ちゃんと私が育てます」

「ここに来る前、ご主人と養育費の話とかしたことあるの？」

「それなんですよ。あの人、慰謝料とか養育費を払うのが嫌で別れないんです」

「そう言ったの？」

「言わないけど、そうに決まってます」

何もかもが自分を中心に回っている。

ゆき江は、目の前の好美を透かして時沢糸子の顔を見つめていた。

喉元《のどもと》にあった質問が押し出された。

「今、ご実家にいるのよね？」

「そうです」

「離婚した後はどうするの？」

「出ようと思ってます。家が狭いですから」

「狭い……？」

思わず聞き返していた。

「ええ。昔は大きい家に住んでいたんですけど、父の勤めていた会社が倒産して、今は小さな借家だから」

背筋がぞくりとした。悪寒《おかん》とも快感ともつかなかった。

「大変だったわね」

ゆき江は、好美の鼻を見つめて言った。

好美の瞳《ひとみ》が一瞬怪訝《けげん》そうに翳《かげ》った。言葉の意味とは異なる響きを感じ取ったに違いない。

ゆき江は目線を上げた。十時四十分。相手方の菊田寛治を呼ぶ時間だった。

「これからご主人の話を聞きます。終わったらもう一度入ってもらいますので、それまで待合室でお待ち下さい」

好美は、その場に未練でもあるかのようにゆっくりと立ち上がった。ゆき江と綿貫を交互に見て哀願口調で言った。

「お願いします。別れさせて下さい。確かに楽しい頃もありました。あの人は野球部のエースでカッコよかったし、うんと優しくしてくれたこともあったんです。でも、もうダメなんです。お互い気持ちがすっかり離れてしまったんです。あんまり無理は言いません。もちろんお金は欲しいですけど、早く別れてくれるというのなら、たくさんでなくていいです。あの人にそう言って下さい」

好美は頭を垂れ、静々と部屋を出ていった。

ゆき江は綿貫を見た。

「どう思いました？」

「大至急別れたい、金も要らないとなれば、ピカイチの当てがあるってことだろう」

綿貫は詰まらなそうに言った。バツイチならぬピカイチ。好美に情を通じた男がいて、密《ひそ》かに再婚の準備を進めているという読みだ。

ゆき江も同じことを考えていた。好美の言動があまりに芝居染《じ》みていたからだ。それに彼女は化粧も服も女を捨てていなかった。

調停委員をしていればわかる。ピカイチの比率は確実に高まっている。女が強くなったということだ。時代や世論を味方につけ、バツイチであることなど気にせず新しい恋に走れるようになった。その一方で、女を自分に添わせる努力も能力もなくしてしまった男が増えているのではないかとゆき江は思う。男の扱い方を知り尽くした「出来上がった女」に甘え、従い、安らぎを求める。そんなひ弱で恋愛下手の男たちがピカイチを増殖させているような気がしてならない。

「相手方を呼んできます」

綿貫に一声かけて、ゆき江は廊下に出た。

ことさら好美を責める気にはならなかった。川に落ちた犬が中州に這《は》い上がれた幸運を、目を細めて見守る心の余裕が今のゆき江にはあった。

4

野球部のエースでカッコよかった。菊田寛治は、女にちやほやされた時代の自意識をいまだに引きずっていそうな目つきをしていた。髪はオールバック。襟の高いシャツのボタンを二つ外している。

綿貫はまたしてもお任せの顔だ。

「奥さんのほうの離婚の決意は固いようですよ」

ゆき江が切り出すと、菊田は頭をぼりぼり掻《か》いた。こんなところへは来たくなかったと顔に書いてある。

「菊田さん、いったいどうしてここまで拗《こじ》れてしまったんでしょう？」

「さあ……」

「あなたの浮気が原因ですか」

菊田は顔の前で手を振った。

「してませんよ。そりゃあ、大昔には何度かあったかもしれませんけどね」

三十歳の男の「大昔」とはいつのことなのかと思う。

「それでは何が原因です？」

「うーん、性格が合わないというか、あいつ、すっかり変わっちまったし」

「けれど離婚はしたくない？」

「ええ、まあ……」

「なぜです？　お金のことですか」

菊田は舌打ちした。

「好美のやつ、そんなこと言ったんですか」

「いえ、奥さんが言ったんじゃありません」

ゆき江は慌《あわ》てて否定した。

「子供さんが三人いるわけですから、一般的に考えて養育費は嵩《かさ》みますよ」

「それぐらいはどうにかなります」

声に虚勢が籠《こ》もった。ゆき江の手元にある書類の職業欄には「ヤナカ物産勤務」と記されている。聞いたことのない会社だ。

「だったら離婚に同意しない理由は何です？　奥さんのことがまだ好きなんですか」

「まさか」

菊田は吐き出すように言った。

「あんなヒステリーと暮らすのはこっちだって御免ですよ」

ゆき江は菊田をジッと見つめた。ならばなぜ？　しばらくそうしていた。

菊田が観念したように溜《た》め息《いき》をついた。

「だって、みっともないでしょうが。一方的に離婚しろとか言われて、はいそうですかって判はつけないですよ」

男の面子《メンツ》を潰《つぶ》されたということだ。腹いせに意地を張っている。

少し間を取って、ゆき江は静かに言った。

「やり直す気がある、というわけではないんですね？」

「ありません」

菊田はきっぱりと言った。

ゆき江は綿貫に顔を向けた。視線もきつく促した。ここは男と男で話せ。

「んー、まあ、そうだな……」

綿貫は椅子《いす》の背もたれから体を起こした。

「このままだと埒《らち》が明かないな。二、三回調停してダメなら、奥さんのほうは本裁判を望むだろう」

「裁判……」

菊田の顔が曇った。

「そう。ここと違って公開になる。君の友人知人が証人で呼ばれることもある」

今度は顔に脅《おび》えが走った。

「会社の人間とかも？」

「必要とあらばな」

「それ困ります。会社には別居してることも話してないんですから」

面子に加えて保身。次々と菊田の地金《じがね》が見えてくる。

「その辺のところもよく検討してだ、次回までに少し気持ちをまとめてくるといい。やり直す気があるか、ないか。離婚するのだとすれば、どういう形が望ましいか。問題から逃げずに、じっくり考えてみたまえ」

張り子の虎《とら》は、自分に言い聞かせたほうがよさそうな説教で締め括《くく》った。

菊田はすっかり悄気《しょげ》返って廊下に消えた。ゆき江もすぐに席を立った。もう一度、好美を部屋に呼ぶ。だが――。

廊下に出たゆき江は立ちすくんだ。菊田もそうしていた。

三人の娘たちがいた。肩を寄せ合うようにして中立人待合室の前に立っている。こちらを見つめている。父親を見る目ではなかった。感情に乏しい六つの瞳《ひとみ》――。

菊田は逃げるように階段を下りていった。

娘たちの後ろから好美が顔を覗《のぞ》かせた。すぐに目が合った。一つ頷《うなず》き、ゆき江は部屋に戻った。

正体を見た思いだった。

今日は平日だ。好美は学校と幼稚園を休ませて娘たちをここへ連れてきたのだ。あんなことをさせるために——。

好美が入室した。殊勝な態度で椅子に腰を下ろした。ゆき江はその顔を見据えた。性悪女《しょうわる》。日々、父親の悪口を娘たちに吹き込んでいるのだ。あんな男は、あなたたちのお父さんじゃない、と。時沢糸子が好美を育て、その好美が三人の娘を育てている。恐ろしいことに思えてならなかった。

ゆき江は膝《ひざ》に爪《つめ》を当てて口を開いた。

「話し合いの余地がまったくないわけではなさそうです」

好美の顔がパッと輝いた。

「ホントですか」

間髪を入れず釘《くぎ》を刺す。

「すんなりとはいきませんよ」

「えっ……？」

「あなたの話はすべて曖昧《あいまい》。ご主人に大きな落ち度があるとは思えません。不貞の証拠とか、あなたは何も持ってないでしょう？」

「そ、それはそうですけど……」

「それにね、離婚するにしても決めなくてはならないことが山ほどあるの。財産分与、慰謝料、養育費、親権や監護養育。面接交渉権――半年から一年、じっくり話し合う必要があると思います」

「一年！」

好美は食ってかかってきた。

「冗談はよして。そんなに待ってられません」

「そんなに待ってもらえない。そうなんじゃないの？」

好美の目が見開かれた。みるみる顔が紅潮する。

「関根さん――」

綿貫が割って入ろうとしたが、ゆき江は構わず続けた。

「いいこと？　覚えておきなさい。仮にあなたのほうに不貞が発覚したら調停はさらに拗《こじ》れて長引きますからね」

「じゃあ裁判にします！」

好美は甲高い声を上げ、綿貫に懇願の顔を向けた。

「お願いします。裁判にして下さい」

「お生憎《あいにく》さま」

強い言葉で好美の顔を引き戻した。

「調停前置主義と言ってね、調停が不成立にならないと裁判は行えないの」

好美は目を剝《む》いた。

「ふざけないでよ！　こんな馬鹿馬鹿《ばかばか》しいこと、一年もやってられないわよ！」

ゆき江は書類綴《つづ》りの角で机を叩《たた》いて立ち上がった。

「バラ色の人生が待ってるんでしょう？　それしきのこと、我慢なさい！」

5

裁判所の近くで買物を済ませ、自宅に戻るともう一時近かった。いつものように房夫はお茶一杯飲まずに待っていた。

「すぐ出しますから」

ゆき江はパック詰めの寿司を皿に移し、手早くおすましを作って居間に戻った。

「ちょっと奮発しました」

理由も聞かず、房夫は無表情で寿司に手を伸ばした。醤油《しょうゆ》もつけずに次々と口へ運ぶ。

この人の弱さを許したわけではない。

学校では無理して「熱心な先生」を装《よそお》っていたようだ。前の年に六年生を送り出し、二年生のクラス担任に代わっていた。ひどく落ち着きのない子が数人いて、今で言う学級崩壊のような状態になったらしい。授業や生活指導はままならず、校長の叱咤《しった》や児童の父母の突き上げにもあって、そうこうするうち体に変調をきたした。

自律神経失調症。医師から病名を告げられた時の、房夫の顔が忘れられない。安堵《あんど》の表情だった。それらしい病名がついたことを喜んだのだ。これでもう学校に行かずに済む。あの教室から逃れられる。そう思ったのだ、一瞬。

その一瞬がすべてだった。房夫は病に立ち向かおうとしなかった。開き直る術《すべ》も知らなかった。押し戴《いただ》いた病名に寄り掛かり、自己憐憫《れんびん》の甘ったるい培養液の中で漫然と人生を浪費していった。姑《しゅうとめ》を恨んだ。なぜこんな脆弱《ぜいじゃく》な人間に育ててしまったのか。弱いということが、時として罪となることを教えはしなかったのか。

それしきのことで——。

ゆき江は一度だけ、面と向かって房夫に言ったことがあった。心身症と診断される少し前のことだった。易《やす》きに流れる性格を知り尽くしていただけに、心の病など認める気にはならなかった。仮に病なのだとしても、必ずこちらに引き戻せると信じていた。病気であろうがなかろうが、房夫の心中に働き盛りの男の葛藤《かっとう》が潜んでいることを疑っていなかった。だが、その葛藤が確かに存在していたのだとゆき江が知ったのは、房夫が六十を過ぎてからだった。昔の同僚は次々と定年を迎えていた。もう働かなくても誰も咎《とが》めない。そう悟った時、房夫の病状は驚くほど好転したのだ。

ゆき江は庭に目をやった。

姑が遺《のこ》したこの家と遺産がなかったら、今頃どうなっていたかわからない。

ゆき江は房夫の横顔を見つめた。

黙々と寿司を食べている。

この人を守り通した。病気のことを世間に隠し通し、二人の娘を育て上げた。ゆき江自身、この歳《とし》で仕事を得る幸運に恵まれた。図書館司書をしていた時代に知り合った元判事が推薦状を書いてくれて、調停委員の試験を受けることができたのだ。その報酬と年金で食べるには困らない。生涯困ることはないだろうと確信が持てるまでになった。

時沢母子の姿が脳裏を過《よぎ》った。

小さな借家……。ドロドロの離婚調停……。

「ねえ、あなた――」

声が弾んでいた。

「今日ね、裁判所で昔の知り合いにばったり会ったの」

「ん」

「とっても綺麗《きれい》な人だったのよ。スタイルもよくて、都会的で」

「ん」

「でも、ちょっと派手だったかな、服とか化粧とか。生活も派手だったわね。美容院とか、車とか」

「ん」

「ところがわからないものね。今日会って、私、びっくりしちゃって。その人、あんまり老《ふ》け込んでいたものだから」

「ん」

「それにね、その人の娘さんが離婚調停に来てるの。子供が三人もいるのに別れたいって言うのよ。陰で男の人と付き合ってるみたい。まったく、呆《あき》れて物が言えないわ」

「ん」

「やっぱり、ちゃんとやらなくっちゃね。子育ても生活も」

最後の「ん」を残して、房夫は腰を上げた。ソファに転がり、リモコンでテレビを点《つ》けた。

ゆき江は所在なくお茶を啜《すす》った。

視界に電話が入っていた。奈津子に今日のことを話したら何と言うだろう。

家裁はサイレント・ビューロー。調停委員の任命を受けた時、家裁所長が挨拶《あいさつ》で使った言葉だった。「沈黙の役所」と翻訳される。公判が原則の地裁とは違って、家裁はすべての案件が人のプライバシーにかかわる。だから守秘義務を怠《おこた》るなかれというわけだ。

ゆき江は腰を上げた。食器を盆にのせて台所に足を向けた。と、その時、電話が鳴りだした。

小さな胸騒ぎがした。隠居所帯に昼間電話してくるのは怪しげなセールスか、そうでなければ二人の娘のどちらかだ。

「関根でございます」

〈あ、お母さん、もう帰ってたんだ〉

奈津子だった。

ゆき江は長い息を吐き出した。

〈どうしたの？〉

「びっくりしたの。奈津子に電話しようかなあって思ってたところだったから」

〈何？〉

「えっ？」

〈用事よ〉

「あっ、別に、たいしたことじゃないの」

〈なーに、気持ち悪い。言ってよ〉

もう喉《のど》まで出掛かっていた。昔のことだ。奈津子も笑って「秘密」を話してくれるかもしれない。それが無理でも、当時、ゆき江と奈津子はとことん苦しんだ。その張本人である菊田好美の不幸話は、やはり奈津子と共有したいと思った。

ゆき江は小声で言った。

「ねえ、菊田って女の子のこと覚えてる？」

返事がなかった。

ゆき江は慌《あわ》てて言い直した。

「ごめん、違った。時沢だ。あなたと同じ学校だった時沢好美って子」

受話口は沈黙していた。

「忘れちゃった？　ほら、あなたが高校時代に――」

〈お母さん〉

強い調子で遮《さえぎ》られた。

〈自分の娘の幸せ壊して面白い？〉

我が耳を疑った。

〈ほっといてって言ったでしょ！　余計なことしたら、あたし、本当に死ぬからね！〉

ゆき江は受話器を握ったまま動けなかった。

昔のことではなかった。

奈津子の声は、高校時代そのままの悲痛な叫び声だった。

6

初夏――。玄関の花は和蘭海芋《オランダかいう》へと移り変わっていた。

第二回調停期日の朝、ゆき江の生活リズムはひどく乱れていた。ごみ出しを忘れ、無意識のうちに和食の朝食を作っていた。いつものバスには乗り遅れ、調停室に入ったのは十時五分前という慌ただしさだった。

ひと月ぶりに対面した菊田好美は妙に落ち着き払って見えた。

もうこの女には関わり合わないほうがいい。朝方の混乱は、そんな予感だか予言めいたものをゆき江に報《しら》せていた。だからといって、いまさら逃げ出すわけにはいかなかった。自らこの調停に足を踏み入れたのだ。悔いていた。あの日、他の委員に替わって貰《もら》えば事なきを得たものを――。

「前回の調停の後、何か変化はありましたか」

ゆき江が尋ねると、好美は深く頷いた。

「あの人が条件次第で離婚に応じてもいいと電話してきました」

「そうですか」

見つめ合った。前回のことがある。互いの瞳《ひとみ》に互いの蟠《わだかま》りを見て取った。

好美が口を開いた。

「私、前回の時、お金はあまりいらないようなことを言ってしまったんですけど、あれ取り消しますから」

離婚できそうな風向きになり、取れるものは取ろうという気になった。背後にいる男がそう言えとけしかけているのかもしれない。

「それと、調停をしても協議離婚ということにできるって聞いたんですけど、本当ですか」

「できますよ」

「だったらそうして下さい。戸籍に調停離婚って残るの嫌ですから」

「いい加減にしないか」

脅すように言ったのは綿貫だった。

「そんなことより、まずは三人の娘の話をするのが親ってもんだろう」

再検査の結果は「異状なし」だった。綿貫は書記官室で絶好調宣言をしてここに乗り込んできていた。

ゆき江は綿貫に顔を向けた。私がやります。目でそう伝え、好美に顔を戻した。

「わかりました。それでは順を追って進めていきましょう」

「ダラダラやるのは嫌です」

ゆき江は小首を傾《かし》げた。離婚する方向で話は動きだした。もはや焦《あせ》る必要はないはずだ。

「前の時、話したわよね？　ご主人に大きな落ち度は見当たらない。中立人だからといって、あなたが有利な立場にいるわけではないのよ」

「ええ。ですから証拠を持ってきました」

「えっ……？」

ゆき江の瞳を好美が覗き込むようにした。

「あなたが言ったんでしょう？　不貞の証拠を持ってこい、って」

「そんなことは言ってませんよ」

「言いましたよ、近いこと。だから突き止めました。あの人、今、付き合っている女の人がいるんです」

ゆき江は少なからず驚いた。探偵でも雇って調べたということか。

「いいでしょう。話してご覧なさい」

好美は目で頷《うなず》いた。

「相手の人は二十九歳。昔、あの人と付き合っていた人です。最近、再会して焼けボックリに火が点《つ》いたみたいなんです」

「焼け棒杭《ぼっくい》ね」

「そう、それです」

「証拠は？」

「……」

「あるんでしょ？」

好美は不敵な笑みを浮かべた。

「あります」

「だったら見せて」

「私の目の前にあります」

ゆき江は好美の手元に目を落とした。何も持っていない。

「どういうこと？」

きつく言うと、好美は真《ま》っ直《す》ぐゆき江を見据えて言った。

「あなたが証拠を持ってるんです」

「おい！」

身を乗り出した綿貫を手で制した。その手が微《かす》かに震えた。

朝方の予感。予言――。

長い沈黙があった。

ゆき江は覚悟を決めて言った。

「わかるように話して頂戴《ちょうだい》」

好美の唇が歪《ゆが》むように動いた。

「前にも話したように、私は中学の頃からあの人と付き合っていました。高校も一緒でしたから、段々と付き合いも深まって、キスとかペッティングとか、そういうこともするようになりました。あの人はセックスをしたがりました。でも私は家の躾《しつ》けが厳しかったので、どうしても踏み切れませんでした。そんな時、あの女が現れたんです。野球部のマネージャーでした。自分から言い寄ってきて、すぐに身体《からだ》を許したんだそうです」

「嘘《うそ》おっしゃい！」

ゆき江は立ち上がっていた。釣られて好美の視線が上がった。

あの日の目だった。スーパーで見せた、挑むような、あの目――。

「嘘なんて言ってない。その女は私から彼を横取りしようとしたの。最低でしょ？

フーゾクみたいなことして彼の気を引いたんだから」

「黙りなさい！」

「でも悪いことはできないものね。妊娠しちゃったのよ。彼は持ってたお金全部渡して泣いて頼んだの。それで彼女、どこかで堕《お》ろして、そのあと学校に来なくなっちゃった。私、いい気味だと思った」

ゆき江の平手が飛んだ。

それは顔を背けた好美の耳たぶを掠《かす》めて宙を掻《か》いた。

好美は椅子《いす》から飛び退《の》き、ドアに向かって後ずさりした。

「調停は取り下げます。あの人も協議離婚にしたいって言ってますから」

7

午後の喫茶店は気だるい空気に包まれていた。

喫茶店に入るなんて何年ぶりだろう。ゆき江は窓の外の往来をぼんやりと見つめていた。

平手を飛ばした。あの日からもう二月――。

気圧《けお》されたのか、あるいは某《なにがし》かの思いやりか、相調の綿貫が口を噤《つぐ》んでくれたので、サイレント・ビューローは保たれた。あの狭い調停室で起こった出来事が部屋を出ることはない。

菊田好美の話には一つだけ嘘が混じっていた。奈津子と菊田寛治の関係が再燃した事実はなかった。好美の策略だったと後で知る。昔の話に「のっぴきならない今」を盛り込むことで、ゆき江と奈津子が否応《いやおう》なく話し合わねばならないよう仕向けたのだ。

奈津子は泣きながらすべてを話した。娘の秘密が母娘共有の秘密に変わっただけのことだった。この先ずっと、歯科医の夫に気づかれぬよう二人で秘密を守っていくまでだ。

だが……。

ゆき江の心は昔に引き戻されては沈む。

娘の妊娠に気づかなかった。

堕胎したことにも。

夫の病のことで精一杯だった。奈津子が不登校になるまでは、娘たちのことは心配していなかった。しっかり育てた。そう思っていた。

ゆき江は店のドアに目をやった。

菊田好美が入ってきたところだった。

向かいの席に好美が座った。調停室の配置と同じだ。

「呼び出してごめんなさいね」

「いいえ」

冷やかな声と声とが交錯した。

好美は窓の外に視線を向けて言った。

「ゆっくりしてられないんです。母と娘を向かいの本屋に待たせてるんで」

「三分で済みます」

ゆき江はバッグから茶封筒を取り出した。

「ああ、そんなのもういいって言ったのに」

「そういうわけにはいきません。お返しします」

ゆき江は茶封筒をテーブルに這《は》わせた。中に三万円入っている。

奈津子の貯金と菊田寛治が寄越した金だけでは足りなかった。好美も堕胎費用をカンパした。彼を取り戻したい一心でそうしたに違いなかった。

「菊田さん――」

「あ、もう時沢に戻りました」

「もう？」

「ええ。とんとん拍子で話が運んで」

好美が頼んだコーヒーが届いた。約束の三分は過ぎていた。

だが……。

あと一つだけ、ゆき江にはどうしてもわからないことがあった。

「時沢さん」

「なんですか」

好美は口元にあったコーヒーカップをテーブルに置いた。

ゆき江は声を落として言った。

「二度とあなたとは会わない。会いたくない」

「あたしもです」

「最後に聞かせて頂戴――なぜ私があの娘の母親だとわかったの？」

ああ、と言って好美は笑った。

「一度だけ、彼女に詰め寄ったことがあったんですよ。昨日、彼とホテルに行ったでしょ、って。そうしたら彼女、言ったんです――それしきのことで騒がないでよ、って」

ゆき江は天井を仰いだ。

「女子高生が使わないでしょう、そんな言葉。だからすごく印象に残ってた。あなたに調停で同じ言葉を言われてびっくりして、それで顔を思い出したんですよ。昔、あなたとあの娘が一緒《と》にいたとこ、何度も見かけたから」

割り勘で勘定を払い店を出た。

別れの挨拶《あいさつ》は交わさなかった。目も合わさず、別々の方向に歩きだした。

ゆき江は花屋の前で足を止めた。

店先の花に目を奪われた。

その季節の花々があまりに美しくて感極まった。花弁の色彩が幾つも滲《にじ》んで重なった。もう泣く理由などないはずなのに、涙が一筋、二筋、頬を伝った。

我に返った時、ゆき江の傍らを人影が通り過ぎていった。好美……。本を手にした三人の娘たち……。そして、地味なブラウスを着た時沢糸子……。

風圧は感じなかった。

後ろ姿は淡々としていた。勝ちも、負けも、何もなかった。

ゆき江はそっと涙を拭《ぬぐ》った。

店先の花に目を戻した。

透き通るような白い花だ。
その河原なでしこを活《い》けたくなった。
姿のよい一枝を、丈《たけ》高くガラスの器に活けようと決めた。

午前五時の侵入者

1

闇《やみ》の中、枕元《まくらもと》の置き時計に目をやる。

正確な「L」の文字が青白く浮かび上がっている。午前三時。

隣の布団《ふとん》に妻の寝息がある。

立原義之《たちはらよしゆき》は身を起こした。決まってこの時間に目が覚める。妻は信じないが、新聞配達で身についた三時起きの習慣が、四十歳を過ぎた今でも体内時計に生き続けている。小学校四年の時から高校を出るまで一日も欠かさず朝刊を配って歩いた。雨の日も雪の日も、嵐《あらし》の日だって休まなかった。

立原はゆっくりと布団に体を戻した。

よく頑張ったよなあ……。二度寝の幸福感に浸りながら自分を褒めてやる習慣のほうは、警察官になって以来ずっと続いている。それがプラス思考を生み、さらには好ましい言動を思い描くイメージトレーニングの効果をもたらしたのだと思う。警察官の仕事をきついと感じたことはない。交番でも所轄《しょかつ》でも真面目《まじめ》にコツコツ仕事を積み上げてきた。本部の管理部門に取り立てられ、同期の中で三番目に警部昇任を果たした。だから、まどろみながらさらに自分を褒めてやる。偉いぞ。この調子で頑張れ。お前はもっとやれるさ……。

五時に起き出す新たな習慣は、半年前、『S県警察ホームページ』を立ち上げてからのものだ。警務部長の肝煎《きもい》りで予算が付き、情報管理課に籍を置く立原が責任者に任ぜられた。いずれ警察もネット社会に晒《さら》されると考え、組織内にコンピューターのコの字もなかった頃から少しずつ蓄えてきた独学の知識が買われたのだ。

立原は妻を起こさぬようそっと布団を抜け出した。蛇口を細く絞ったわずかな水で洗顔を済ますと、足音を殺して居間に行き、テーブルの椅子《いす》に腰掛けた。ノートパソコンを前に、よく拭《ふ》いたはずの手を今一度パジャマの腹の辺りで拭《ぬぐ》う。日々手足のごとく使いこなしている役所の備品ではあるが、朝一番のこの瞬間だけは、買えば二十万はするそのパソコンが自分には分不相応な贅沢《ぜいたく》品に感じられる。妻は笑うが、いまだに買物などで一万円札を差し出す時には胸に微《かす》かな罪悪感が走る。時給に換算すれば数百円だったろうか。新聞配達をしていた頃の金銭感覚を物差しに今を測る癖は、この先、五十になっても六十を過ぎても変わらないと思う。

――さて、やるか。

立原は両手を擦《こす》り合わせて水気がないことを確認すると、電源を入れてパソコンを立ち上げた。

メールをチェックする。未読メールが十三件。そのうち五件は業務連絡だった。急ぎの用件はなかった。例によって、直属の部下である谷沢《やざわ》係長からのメールはひどく素っ気ない。

《昨日のアクセス九十二件。異状なし》

毎夜、午前零時に県警のホームページを開き、「来訪者」の数と書き込み内容をチェックして立原に知らせるのが、この半年変わらぬ谷沢の就寝前の仕事になっている。お蔭様《かげさま》で外で深酒しなくなりました。彼は感謝とも愚痴ともつかない台詞《せりふ》を定期的に口にする。

――九十二件か。

立原は腕組みをした。

一般市民からのアクセスは減る一方だ。開設当初は四百件を超える日もざらだったが、その後は下降線を辿《たど》り、ここ二月ほどは尻《しり》すぼみといった状態だ。リピーターが少ないということだろう。興味本位で一度はページを覗《のぞ》いてみるものの二度と「遊び」に来てくれない。要するに、警察が伝えたいことと市民が知りたいことの間にギャップがあるのだ。

――ご意見拝聴といくか。

立原は投稿メールを開き始めた。ホームページの末尾に『ご意見ボックス』を設けて、誰でも自由に意見を書き込めるようにしてある。ここで市民の反応を知ることができるわけだが、『ご意見』を読む時は少なからず緊張する。ホームページに対する感想ばかりが送られてくるとは限らないからだ。県警に対する苦情や批判。あるいは警察官の非行、不祥事。万一そうしたものが書き込まれていた場合、いち早く関係各部に連絡せねばならない。午前零時に谷沢がチェックした後、朝までに妙な投稿メールが届いていないか。立原が五時起きしてパソコンを開くのはそのためだ。

《防犯Q&A。わかりやすくてよかった》

《実につまらん。裁判所のホームページのほうがまだマシ》

《鑑識の仕事の内容、もっと詳しく載せて下さい。科学捜査研究所のことなんかもお願いします》

《お固い話ばかりでちっとも面白くない。警察官のナマの声も掲載したら？》

《ピッキングの防衛策、とっても参考になりました。それにしても驚きです。県内でこんなにドロボーの被害があるなんて！》

思わず安堵《あんど》の息が洩《も》れた。

内容のほうもまずまずと言ったところだ。相変わらず、「固い」「つまらない」の単語が目につくが、「わかりやすくてよかった」「とっても参考になりました」辺りの書き込みが心を浮き立たせてくれる。

立原はパソコンを閉じてキッチンに立った。湯を沸かす。至福の時間といっていい。仄《ほの》かにインクの匂《にお》いが芳《かお》る朝刊を読みながら飲むコーヒーの味は格別だ。だが薬罐《やかん》が蒸気を吹き出し始めても外にバイクの音はしなかった。五時二十分。とっくに朝刊が届いていい時間だ。

あっ、と思ってカレンダーに目をやった。十月十五日。新聞休刊日だ。いや、正しく言うなら昨日の十四日が休刊日で、その日は新聞を製作しないから翌朝の朝刊が休みになる。

立原は舌打ちした。

毎朝の新聞を楽しみにしている者にとって、休刊日に気づいた時の落胆はかなりのものだ。拍子抜け。肩透かし。なにやら騙《だま》し討ちに遇《あ》ったような気持ちにすらなる。

立原が配達をしていた時代、休刊日は元旦《がんたん》、こどもの日、秋分の日の年三回と決まっていた。それが今はどうだ。月に一度は休刊日がある。楽しみを奪われた忌《い》ま忌《い》ましさと、休みが欲しくてたまらなかった当時の思いとが重なり、さらには貰《もら》ったばかりのバイト代で酒を買いに行かされた記憶や張られた頰の痛みまでもが蘇《よみがえ》るに至って、立原はマイナス思考を断ち切った。

——昔のことはいい。

立原はコーヒーカップを手に居間に戻った。

今に満足している。生活していくのに十分な金。鉄筋建ての３ＤＫの官舎。大らかな妻。生意気盛りの二人の娘。自分に合った仕事。望んだ以上の階級。ガスも電気も水道も止められることはない。テレビがある。クーラーや電話や車だってある。そして穏やかな時間。一杯のコーヒー。あの当時なかったもののすべてがここにある。父は死んだ。もう二度と立原の前に現れることはない——。

立原は改めてパソコンを立ち上げた。

アイディアを練る時間を新聞社に貰ったと思うことにした。ホームページのイメージアップ作戦でも考えることにしよう。これまでもそれなりに工夫を凝らし、何度となく手を入れてきたが、「面白い」という投稿メールは届いたためしがない。それでいいというのが万事無難を尊ぶ安井《やすい》課長の考え方だが、警察の体面を損なうことなく、それでいてページを面白く読ませるアイディアは絞り出せばまだまだ出てくるはずだ。

立原はマウスを動かして県警のホームページを呼んだ。ダウンロード中の画面に先んじて、もう立原の脳裏には青空をバックにしたS県警本部ビルの写真が浮かんでいた。そもそも、そのトップページからして、「古臭く」「固い」印象を与えているのではあるまいか。

思考が止まった。

立原は瞬《まばた》きを重ねた。

見慣れた本部ビルの写真は現れなかった。画面が真っ黒だ。そこに赤い文字が並んでいる。横文字で四行。英語でないことは一目でわかった。

フランス語……？

アクセスミスをしたということだ。立原は苦笑いを浮かべて画面上部のアドレスを確認した。笑みが引いた。アドレスに間違いはなかった。ページの再読み込みボタンをクリックした。その指が強張《こわば》っているのがわかった。

一瞬画面が消え、再び浮かび上がった。

同じだった。真っ黒い画面。赤い横文字。

サイバーテロ。脳を突き上げた不吉な片仮名文字が立原の全身を震わせた。

「馬鹿《ばか》言え……」

夢中でキーボードを叩《たた》いてアドレスを入れ直し、再度ページを呼んだ。祈る思いでそうした。

結果は変わらなかった。漆黒の闇を連想させる画面。横文字の赤が血の色に見えた。もはや認めるほかなかった。ネットワーク上を荒し回る「クラッカー」に侵入され、ページを書き換えられた——。

立原は低く唸《うな》った。酒が切れたとき父がしたように、歯を剝《む》き出して獣のような唸り声を上げていた。

2

十分後には県警本部に向けて車を走らせていた。脳は、いちどきに五つも六つものことを考えようとして悲鳴を上げていた。

「まずは——」

立原は動揺する心を一喝する思いで声を張り上げた。

犯人は何者か。目的は何か。いったいあれは何語で、どんな内容なのか。

違う。そんなことが現段階でわかるはずがない。考えるだけ無駄だ。今やるべきことは——。

上司への連絡か。柳瀬《やなせ》警務部長。安井課長。部下の谷沢にも事態を知らせねばならない。

いや違う。それも後回しでいい。

まずはそう、あの画面をどうにかすることだ。ネット上では、今こうしている時間もテロを受けた画面がS県警の公式ホームページとして晒されているのだ。市民が見たら騒ぎになる。マスコミが飛びつく。県警の面子《メンツ》は丸潰《まるつぶ》れだ。責任問題に発展する。

そうなれば当然——。

すべての汗腺《かんせん》から冷たいものが吹き出していた。

立原はハンドルを強く握りしめた。

消すのだ。一刻も早く、凌辱《りようじよく》されたあの画面を消し去るのだ。

サーバーの電源を切る。下した結論を胸に立原は車の速度を上げた。焦《じ》れた。しばらく先の歩道に電話ボックスがあると知っていた。赤信号に引っ掛かった。苛立《いらだ》った。

青で飛び出したが、あったはずの電話ボックスは撤去されて跡形もなかった。さらに先のボックスへ急いだ。歯嚙《はが》みした。とんだところでアンチ携帯のツケが回ってきた。

ドアを突き破るようにして古い電話ボックスに飛び込んだ。手帳を開き、まずは柳瀬部長の官舎に電話を入れた。やはり事後報告というわけにはいかない。サーバーの電源を切るとなれば上の許可が要る。

柳瀬はもう起きていたようだった。

〈どうした?〉

「ホームページが何者かに悪戯《いたずら》されました」

悪戯。思わず口をついてでた言葉は保身を纏《まと》った。

〈どういうことだ?〉

「詳しくは後ほど報告致します。取《と》り敢《あ》えず、サーバーの電源を切る許可をいただきたく」

〈サーバー……?〉

立原は内心舌打ちした。ホームページ開設は柳瀬の発案だったが、だからといって、その柳瀬がコンピューターに詳しいわけではない。

「県警のホームページが置いてあるコンピューターのことです。市民からのアクセスも含め、そのサーバーがホームページに関するすべての対応を行っています」

丸め込む思いで素人《しろうと》向けの大雑把《おおざっぱ》な説明をした。電源を切る許可を引き出すやフックを下げて通話を切り、そうしながら片手は忙しく手帳を捲《めく》っていた。仲川幹夫《なかがわみきお》の自宅の番号をプッシュする。S県庁の総務部情報システム課技官。県警のホームページ立ち上げにも手を貸してくれたベテラン技術者だ。

奥さんが電話にでて、しばらく待たされた。

〈仲川です。どうしました？〉

眠たそうな声だった。

「朝早くにすみません。ウチのHPがクラッカーにやられました」

〈えっ……？〉

「サイバーテロです。メチャクチャに書き換えられてしまって！」

立原は話すうち興奮し、一方の仲川の声はすぐに昼間のものへと変わった。

〈落ちついて下さい。サーバーに侵入されたということですね？〉

「そうです。一刻も早くサーバーをネットから切り離したいんです」

〈わかりました。私もすぐに出ます。調整室で合流しましょう〉

それが一番早い。県警のサーバーは県庁のシステム調整室に間借りしている。

「よろしくお願いします。あっ、それと仲川さん——」

〈何です？〉

「県庁のサーバーに、ウチのHPを一時的に移すわけにはいきませんか」

欲が出たのだ。

県警のサーバーの電源を切れば一般市民があの画面を見る心配はなくなる。しかしアクセスした市民は不可解な思いを抱くに違いない。画面には「ページを表示できません」の一文が出てしまうからだ。警察の公式ホームページに接続できないとなれば、それはそれで様々な憶測を呼び、たちまちマスコミの知るところとなってしまうだろう。

だが――県庁のサーバーに一時預かりしてもらえば、これまで通り、同じアドレスで県警のホームページが見られる。クラッカーにやられたことは誰にも気づかれず、何事もなかったかのように、だ。

立原は懇願を込めて言った。

「やってもらえませんか。難しくはないですよね？」

〈DNSを書き換えればすぐにできますが……〉

仲川は言葉を濁した。

クラッカーの手口を目にしていないから何とも言えないのだ。コンピューターウイルスによる攻撃であれば、県庁のサーバーに感染する危険性が生じる。

〈その件は会ってから話しましょう。しかし侵入された以上、今のサーバーに置いてあるデータは使えませんよ。最新版のバックアップデータはありますか〉

「毎日とってます」

〈じゃあ、それを持ってきてください〉

「わかりました。恩にきます」

承諾を得られぬまま礼を言い、立原は電話ボックスを飛び出した。

午前五時五十七分。腕時計の針が鋭利な刃物に見えた。

――いったい誰がやりやがった。

呻《うめ》くように呟《つぶや》いて、立原は車のアクセルを踏みつけた。

3

立原はいったん県警本部ビルに寄り、ホームページのバックアップデータを手にして、敷地が隣り合う県庁舎に走った。エレベーターで六階に上がり、情報システム課のシステム調整室に駆け込み、さらにその奥の小部屋のドアを勢いよく押し開いた。

五台のタワー型パソコンが並んでいる。その右端の一台が県警のサーバーだ。仲川はもう来ていて、中腰で県庁のサーバーを弄《いじ》っていた。自分のほうもやられていないか調べていたに違いない。

寝癖でボサボサの頭が振り向いた。

「じゃあ、切り離しましょう」

「大至急お願いします」

仲川は県警のサーバーの背面に手を伸ばし、ネットワークのLANケーブルを引き抜いた。電源を切るのと同じだ。県警のサーバーはネットワークから孤立した。なんぴとであれ、外部から接続できない状態になった。立原は時計に目をやった。六時十二分。あの忌まわしい画面の死亡時刻である。

しかし息をつく暇はなかった。サーバーがネットから孤立したということは、今現在、S県警のホームページが閉鎖状態にあることを意味する。

「仲川さん。さっきの話、お願いできませんか。県庁のサーバーで復旧を――」

「ええ、すぐにやりましょう」

仲川はあっさり受けた。

立原が来る前に調べてみて、ウイルス感染の危険はないと踏んだか。いや、県庁のサーバーは四台あるわけだから、仲川は上と相談して、比較的重要度の低い一台にリスクを背負わせる決断をしたのだろう。もとより、県庁と県警は同じ県知事の配下にある兄弟のような組織だ。窮地に陥った県警の申し出を無下《むげ》には断れない。

「よろしくお願いします」

立原はバックアップデータを仲川に渡して頭を下げた。事は一刻を争う。作業はすべて熟練の仲川に任せることにした。

仲川は県庁のサーバーの一台に向かった。

「まずは県警用のディレクトリを作り、その中にバックアップをコピーして置きます。それからDNSサーバーのファイルを書き換え、県警のアドレスをこっちのサーバーに割り振る措置をとれば――」

仲川の仕事は速かった。

「よし、と。これでOKです。すぐにホームページが見られますよ」

六時二十五分だった。十三分間の「空白」の後、S県警ホームページは再びネット世界へ戻っていったのだ。

初期対応は完了した。次は――。

クラッカーの侵入時間だ。そしてあの画面を何人の市民が目にしたか。それを知るのが急務だ。

立原が告げると、仲川は県警のサーバーに席を移してキーボードを叩いた。ファイルの一覧を呼び出している。

画面に日付と時間の数字がずらり並んだ。

「立原さん、最後にページを更新したのはいつです？」

「昨日の午後六時に交通事故の件数を書き換えました。それからは弄っていません」

「だったら……」

仲川は一つの数字を指さした。

「おそらくこれですね。今朝の五時ジャストにデータを書き換えた跡があります」

午前五時ジャスト――。

脳裏に朝の官舎の光景が浮かんだ。

クラッカーの侵入は、立原が居間でホームページを開く直前だったということだ。その驚きとは別に、立原は微《かす》かな光明を見た思いがした。五時に侵入され、LANケーブルを引き抜いたのが、その一時間十二分後――。

早口で聞いた。

「仲川さん、書き換えられた後、何人アクセスしてますか」

「えー、待ってください。立原さんのアクセスを除くと……二……三……四人ですね」

――たった四人か！

立原は思わず胸の前で拳《こぶし》を握った。

不幸中の幸いというべきだろう。皮肉なことにホームページの不人気が幸いした。クラッカーの侵入が「観客」の少ない早朝の時間帯だったことにも救われた恰好《かっこう》だ。

そして何より発見と対応が早かった。

たった四人。ならば噂《うわさ》が広まる可能性は低い。いや、それは口止めが可能な人数と考えていい――。

さらに早口になった。

「四人はどこから入ってます？」

「えーと、エムネットの桐原《きりはら》のアクセスポイントから三人……」

よし、と思った。『エムネット』は県内に拠点を置くプロバイダーだ。

「残る一人は大手のアールネットです。栗川《くりかわ》のアクセスポイントから入ってますね」

「プロバイダーを当たればアクセスした人間を辿《たど》れますよね？」

「そうですね。まだ時間があまり経《た》ってませんから、ログを調べられるでしょう」

仲川はふっと画面から顔を上げ、こちらを見た。立原の質問の真意に気づいた顔だ。

「エムにもアールにも古い知り合いがいます。私が内々に当たってみましょう」

物腰は柔らかいが、眼鏡の奥の眼光には凄味《すごみ》がある。膨大な許認可権限を持つ県庁という組織が、ある種の企業や人間たちに対して警察以上に強権を揮《ふる》えることを知っている目だ。

「助かります」

下げた立原の頭にはもう次の質問があった。

「仲川さん、犯人の侵入手口とアクセス経路はわかりますか」

「それはちょっと……」

仲川は小さく笑った。

「メーカーのハッカー対策チームに調べさせるしかないでしょう」

予想通りの返答に頷《うなず》き、立原はまた思考を巡らせた。

他に今の段階でやるべきことは――。

立原は県警のサーバーに視線を向けた。仲川が例の真っ黒い画面を表示したからだ。

「立原さん。これ、フランス語ですよね。私はまったく読めませんが」

そう、問題の発端に立ち戻る時だ。

この赤い横文字で綴《つづ》られた文面を早急に翻訳せねばならない。言葉の意味がわかれば犯行の意図が読める。ことによると犯人に結びつく手掛かりが得られるかもしれない。

立原は改めて赤い横文字を目で追った。

J'ai aimé la vérité... Où est-elle?...
Partout hypocrisie ou du moins
charlatanisme, même chez les plus
vertueux, même chez les plus grands;

意味を持った文章であることは間違いないように思える。社会に対する何らかのメッセージか。政治的な内容を含んだものか。それともS県警に的を絞った攻撃か。誹謗《ひぼう》中傷……。挑戦……。脅迫……。

新たな恐怖が背筋を這《は》い上がってきた。

いったい何が書かれているのか。

画面の向こうに、底知れぬ悪意と憎悪《ぞうお》の黒い渦を見た思いがして立原は身震いした。

4

午前六時四十五分。県警本部ビル三階、警務部情報管理課――。

立原は「課長補佐」のプレートが置かれた自分のデスクについていた。柳瀬警務部長と安井課長への報告を終えたところだ。

電話に出るなり柳瀬は火を噴くように怒鳴った。これがただの悪戯《いたずら》か！　立原が公衆電話から一報を入れた直後に官舎のパソコンを開き、サーバーを切り替える前のホームページを見たのだ。

安井には、ホームページが悪戯されたがすぐに善処した、と報告した。それでも安井はひどく不安がり、幾つもの質問を重ねた。もう官舎を飛び出してこちらに向かっているだろう。

谷沢係長にも電話を入れた。クラッカーにやられたことを告げ、県庁の仲川のところへ急行するよう指示した。よほど驚いたのだろう、谷沢の絶句は長かった。

背後のパソコンデスクではプリンターが耳障《みみざわ》りな音を立てていた。先ほど県警のサーバーからコピーしたソースファイルを使って、例の黒い画面をプリントアウトしている。

吐き出されてくる赤い横文字に一瞥《いちべつ》をくれ、立原は再び受話器を取り上げた。刑事企画課の同期、赤松雅樹《まさき》——。

電話は布団《ふとん》の中で受けたようだった。

〈立原……？　おう、珍しいな。どうしたよ、こんな朝っぱらに〉

「ちょっと教えてくれ。刑事部で嘱託している通訳の中にフランス語をやる人間はいるか」

県庁から戻る間に考えたことだった。大学教授やレストランのシェフといった職種が頭に浮かんだが、県警に対する悪意の文面である可能性が高いわけだから、外部に翻訳を託すのはまずいと思い直した。が、英語ならともかく、組織の内部にフランス語のわかる人間がいるだろうか。あれこれ考えるうち、しばらく前の新聞で刑事部が通訳を募集していたことを思い出した。警察の嘱託通訳なら秘密保持の心構えもある。外国人犯罪者の取り調べに同席する彼らは、取調室内のやり取りを外部に漏らさぬよう誓約させられているからだ。

俺の担当じゃないが聞いてやる。赤松はそう言って一旦《いったん》電話を切った。立原は焦《じ》れたが、時間にすれば十分と待たずに折り返しの電話が入った。

〈いたぞ。県内でフランス語やスペイン語の通訳を見つけるのは大変らしいが、幸い募集の締め切り間際《まぎわ》にフランス語が一人応募してきたんだと。大した秀才だぜ。T大でフランス語をやった後、別の大学に入り直してバイオを勉強してな、この春までニッポン種苗《しゅびょう》に勤めてた。ほれ、世界中に研究所や出張所を持ってるあのニッ種《しゅ》だよ〉

「わかった——」

立原は言葉を被《かぶ》せた。

「そいつの名前と連絡先を教えてくれ」

〈担当が経歴のファックスを寄越したから転送してやろうか〉

極秘の文書を翻訳させるのだ、こっちも経歴ぐらいは知っておいたほうがいい。

「そうしてくれ」

〈官舎だな？〉

「いや、カイシャだ」

〈カイシャ？ ずいぶんと早いんだな〉

「赤松、すまんが急ぐんだ」

〈ああ、わかった。けど、いったい何だよ、フランスは？〉

「いや……ちょっと翻訳の仕事を頼みたいんだ」

〈へえ、やっぱ違うな、情報管理課さんは〉

陽性の皮肉を口にして、ようやく赤松は電話を切ってくれた。

立原は壁の時計に目をやった。もう七時を回った。今にも課のドアが開き、血相を変えた柳瀬と安井が飛び込んできそうだ。

ファックスが動きだした。いつもよりのろく感じる。用紙の頭に「S県警察仏語通訳者（8月29日嘱託）」とある。次いで名前と経歴が吐き出されてきた。衛藤《えとう》久志《ひさし》。三十四歳。T大文学部仏文科卒。U大工学部生物工学科卒。元「ニッポン種苗」社員。欧米勤務経験多数。現在、英語塾講師——。

この地方都市でフランス語を生かせる仕事はないということだろう。市内の住所と連絡先の電話番号が頭を覗《のぞ》かせたところで、立原はデスクの電話を引き寄せた。

五回ほどのコールで先方の受話器が上がった。

〈はい。衛藤です〉

品のいい男の声だった。

「朝早くにすみません。私、県警本部の立原と申します」

電話の相手が衛藤久志本人であることを確認すると、立原はすぐに用件を切り出した。

「実は内々でフランス語の文面を翻訳して頂きたいんです」

〈翻訳……？〉

「そうです。本当のところを言いますと、フランス語かどうかもはっきりしないのですが、いずれにしても四行ほどの短いものです。ファックスはお持ちですか」

〈あ、はい。電話と同じ番号です〉

「ではすぐに送ります。読み終ったら折り返し連絡を下さい。こちらの番号は――」

当惑する声を無視して電話を切り、立原は先ほど印刷した用紙をファックスで流した。

ほどなくデスクの電話が鳴った。

〈あの……読めません〉

「読めない……？　フランス語ではないということですか」

〈いえ、そうではなくて、文字が潰《つぶ》れてしまって判読できないんです〉

うっかりしていた。黒の下地に赤い文字。それをモノクロのファックスに掛けたわけだから、先方には相当読みづらい代物《しろもの》が届いたに違いなかった。

「それでは直接――」

靴音に反応して、立原は課のドアに顔を向けた。紅潮した柳瀬の顔と真っ青な安井の顔とが重なり合って入室してきた。上が来るまでに文面を把握しておこうという立原の思惑は破れた。

二人に向け神妙に目礼し、立原は落とした声を受話器に吹き込んだ。

「後ほど自宅に伺います」

〈あの、明日ではいけませんか〉

「急いでいるんです」

会ったこともない男に苛立《いらだ》ちをぶつけていた。

〈……わかりました。お待ちしてます〉

午前中の約束を取り付けて慌《あわ》ただしく受話器を置くと、立原は一つ深呼吸をして部長室に走った。

5

「さっさと座れ!」

入室早々、怒声を浴びせられた。

こんな柳瀬を見るのは初めてだった。いつだったか、妻に部長の人柄を聞かれ、温厚なタイプだと答えた記憶がある。実際、コンピューター絡《がら》みの説明を聞く柳瀬は子供のように素直で、決まって最後は「じゃあよろしく頼むよ」と微笑《ほほえ》んで立原を部屋から送り出したものだった。だが、いま目の前にいる尊大で刺々《とげとげ》しい姿が地金《じがね》ということだろう。課長の安井はとっくに本性を知っていたに違いない。立原の陰に隠れるようにしてソファに座り、息を殺している。

柳瀬の詰問《きつもん》が始まった。

「ホームページをぶち壊した犯人の目星はついたのか」

「それは——クラッカーの正体を突き止めることは至難の業《わざ》と言わざるをえません」

「至難の業だとぅ……？」

柳瀬が目を剝《む》いたので、立原は慌てて言い直した。

「現在、メーカーのハッカー対策チームに連絡を取って貰《もら》っています。警察庁の技術対策課とも協議の上、できうる限り追跡する所存です。ですが、いかんせん、ネットワークは世界中を網羅しておりますし、クラッカーたちが手口を情報交換するサイトも無数に存在していて——」

「ちょっと待て。ハッカーなんだろう？　お前の言ってるクラッカーってのは何だ？」

立原は絶句しかけた。

「何度もお話ししたと思いますが、データを覗き見るのがハッカーで、データの改ざんなどを行う過激な輩《やから》のことはクラッカーと呼んでいます」

「紛らわしいな。まあ、そんなことはどうでもいい。なぜやられた？　セキュリティーはどうなってたんだ？」

今度は本当に絶句した。今さらセキュリティーについて語れと言うのか。

「どうした？　答えろ」

「はい……。無論、IDとパスワードは厳重に管理し、幾重にもセキュリティーの策を講じております。しかし新しいセキュリティーシステムを開発しても、クラッカー連中が穴を見つけて入り込み、その穴を塞《ふさ》ぐとまた別の手口で、といった具合にイタチごっこが繰り返されているのが全世界的な現状です。加えて、ホームページというものは、その性格上、誰もが気軽にアクセスできねばなりません。例えるなら、ネットワーク上の公道に存在しているようなものです。機密情報の管理などに比べれば、やはりセキュリティーは数段甘くなります」

「数段甘い……？　馬鹿《ばか》野郎！　だったら始める前にそう言え！」

言った。ホームページを立ち上げる前に口頭で何度も説明し、書面でもその危険性

について は多くの紙数を割《さ》いた。

興味がなかったということだ。柳瀬はただ他の県警に遅れをとるのが嫌で、あるいは警察庁や本部長への点数稼ぎをするためにホームページの設置を急がせたのだ。

「まったく、いい恥さらしだ！」

柳瀬は拳《こぶし》で自分の膝《ひざ》を叩《たた》き、怒りを増幅させた。

「間抜けが！　こともあろうに警察のホームページがハッカー野郎にやられるなんて。マスコミに嗅《か》ぎつけられたらいいように叩かれるぞ。どうするんだ、おい！」

「……………」

「聞いてるのか立原！　お前、この件が公《おおやけ》になったら失職だぞ！」

失職――。

その具体的な一言が立原の胸を突き抜けた。

視界がぐにゃりと歪《ゆが》んだ。

父の姿が脳裏を走った。酒臭い息を撒《ま》き散らし、怒鳴り、殴り、蹴《け》り、息子の懐《ふところ》に金を探る、餓鬼のような浅ましい姿――。

ないものを奪おうとした父。

あるものを奪おうとしている犯人。

どちらも憎かった。

妻子を養う給与。3DKの官舎。自分に合った仕事。望んだ以上の階級。

いまさら手放せるはずがなかった。

「マスコミにはバレません」

無意識に言葉が口をついて出た。

「バレない？　お前、何を根拠に――」

「電話をお借りします」

今度は確かな意思を持って言い、立原は席を立った。同時に部屋のドアがノックされ、顔を強張《こわば》らせた谷沢係長が入ってきた。

立原は歩み寄って耳打ちした。

「いま電話しようとしたところだ。どうだった？」

「ええ。仲川さんのお蔭《かげ》で四人とも――」

押し殺した声で言いながら、谷沢は名前と住所の並んだメモ書きを立原に渡した。

「それと仲川さんが言うには、クラッカーはフランスのプロバイダーに侵入し、そこからウチのHPに入ったとのことです」

「わかった」

驚くには値しなかった。フランスから来たといっても発信源がフランスとは限らない。幾つもの「踏み台」を作り、それらを次々と経由して標的に侵入するのがクラッカーの常套《じようとう》手段だからだ。

――それよりこっちだ。

立原はソファに戻り、勝負の思いで柳瀬の顔を見据えた。

「部長――現在、S県警のホームページは極めて健全な状態でネット上に存在しています。傷痕《きずあと》も手術の痕も一切ありません。誰が見ても昨日までと同じページです」

「手遅れだ。今がそうでも、あの画面を見てしまった人間がいるだろうが」

「います。しかし、たった三人です」

四人目のアクセスは目の前にいる柳瀬だから省いた。

「名前と住所もわかりました。その三人さえ口を噤《つぐ》んでくれれば、今回のクラッカー騒ぎは元々なかったことになります」

柳瀬はぎょっとした顔を立原に向けた。

「なかったこと……?」

「そうです」

「しかし……本庁への報告はどうする?」

「なかったことは報告できません」

柳瀬は唸《うな》った。

安井は固まったままだ。

危険な賭《か》け。しかし立原に迷いはなかった。

犯人がしたことは『不正アクセス行為の禁止等に関する法律』に触れる明白な犯罪行為だ。だが、S県警には、いや、この部屋の中には被害者と称すべき人間が存在しない。誰も血を流していない。財産も生活も侵されていない。血が流れるのは、この件がマスコミに知れた時だ。そうなって初めて被害者が生まれるのだ。

――馬鹿げた話だ。

立原は心底思った。

果たしてこれが犯罪と呼べるのか。すべてはバーチャルな世界で起こった手触りのない出来事なのだ。クラッカーには名前も顔も心もない。そんな虚無の存在が送りつけてきた、たった数行の文字によって職も生活も家族もある生身の人間の血が流されてたまるものか。

長い沈黙を破ったのは柳瀬の低い声だった。

「口止めできるか」

「必ずします」

「だが、それがうまくいったとしても、もう一つ問題があるぞ」

「何です？」

「あのフランス語の意味だ」

「翻訳なさったんですか」

「そうじゃあない。俺はフランス語は皆目わからん。だがもし、あの文面の内容が政治的な意図を持って警察を攻撃するようなものだったら握り潰すわけにはいかん。襲撃予告、爆破予告、そうした可能性だってあるんだ」

一拍置いて、立原は聞き返した。

「ただの悪戯《いたずら》だとわかれば握り潰せるということですね」

返事はなかった。

柳瀬はまだ迷っている。

立原は席を立った。脈打つ頭は、フランス語通訳の自宅の所番地を復誦《ふくしょう》していた。

6

想像していた家とは違った。

具体的な家の造りを頭に描いていたわけではなかったが、衛藤久志の経歴や、どこか育ちの良さそうな電話の声質からは、トタン屋根のみすぼらしい平屋は想像できなかった。

ともかく呼び鈴を押した。ややあって玄関の引き戸が開き、色白の端正な顔が現れた。

明日ではいけませんか――。

衛藤が電話でそう口にした理由は、彼の姿を一目見るなりわかった。礼服に黒いネクタイをしていた。今日が死んだ母親の四十九日で、昼前にはお寺さんが来るという。

立原は深く頭を下げた。

「無理を言ってすみませんでした」

「いいんです。さあ、どうぞ」

通された居間が仏間も兼ねていた。線香の煙が漂う仏壇には、衛藤の父親とおぼしき男の写真も納まっていた。半分開いた襖《ふすま》の向こうの本棚や畳の上に、夥《おびただ》しい数の蔵書がひしめいている。あれが原書というやつか。背表紙はどれも横文字のものばかりだった。

「すみません。散らかっていて」

衛藤は台所から茶と煎餅《せんべい》を運んできた。喋《しゃべ》り方といい、身のこなしといい、どこか女性的な印象を与える男だ。

「半年前に母が倒れてUターンしたんですが、独り身なもんですから、なかなか掃除とかも行き届かなくって」

「ニッポン種苗にお勤めだったとか」

「あっ、ええ……」

ふっと誇らしげな表情が覗いた。

「仏文で大学を出たんですが、落第スレスレだったのでまともな就職口がありませんでね。それで思い切ってU大に入り直しました。もともと興味があったコンピューターと生物工学の基礎をにわか勉強して、まあ、フランス語とバイテクの合わせ技一本といった感じでニッ種に入社できたんですが、あの会社は人使いが荒いと言うか、短いサイクルで欧米をあちこち歩かされまして――」

立原は水を向けたことを後悔していた。

「衛藤さん」

話の小さな切れ目を突いた。

「さっそくで悪いんですが、見て頂けますか」

「あっ、はい」

立原は手提げ鞄《かばん》を開き、画面を印刷した用紙を取り出した。黒地に赤文字。何度見ても毒々しい。

一瞬、衛藤は戸惑いの表情を見せたが、すぐに「フランス語ですね」と言って、電話の脇《わき》のメモ帳とボールペンに手を伸ばした。

十分とかからなかった。翻訳に取り掛かった衛藤は、途中、一、二度宙に目をやったが、ほとんどつかえることなくペンを動かし続けた。

「これでいいと思います。直訳ですが」

「拝見します」

立原は差し出されたメモ書きに目を落とした。

俺は真実を愛した。
それは、どこにある？
至る所に、偽善か、少なくとも
イカサマがある。

最も徳のある者にさえも。

最も偉大な者にさえも。

すぐには言葉が出てこなかった。喉元《のどもと》に何かがつかえた感じだ。不安な気持ちに襲われ、鼓動が次第に速まっていく。

「これは……」

立原が強張《こわば》った顔を上げると、衛藤も訝《いぶか》しげな表情で首を捻《ひね》っていた。

「どういう意味ですかねえ……」

つまりそういうことだ。それぞれの単語の意味はわかったが、その文面の意味するところがわからない。

立原は息を整えた。

もう一度、最初から読んでみる。

真実……。偽善……。イカサマ……。

警察批判。あるいは警察に対する恨みの一文。深読みすれば、そう取れないこともない。警察権力を「最も偉大な者」と揶揄《やゆ》し、その警察組織の内部には「至る所に」「偽善」と「イカサマ」があるのだ、と。

そう解釈するなら、この文面は内部告発の匂《にお》いを発する。「俺」は警察官か元警察官だということだ。「真実を愛した」は、真面目《まじめ》に仕事をしてきた、と読み替えられる。「最も徳のある者」は、組織の幹部とか上司ということかもしれない。

想像するばかりだ。なんら具体的なことは書かれていない。この文面から犯人像を推測するのは無謀というほかなさそうだった。

不気味さが増した。だが一方で、文面が難解かつ抽象的であったことが立原に安堵《あんど》の息を吐《つ》かせもした。

少なくとも、柳瀬部長の言うような襲撃予告や爆破予告でないことだけは確かだ。S県警を名指ししてもいない。仮に、翻訳された文面が公になったとしてもS県警を攻撃した文書だと思う人間は誰一人いないだろう。この文面によって警察組織全体が打撃を受けることもありえない。「無害」だ、文面そのものは。

――これなら握り潰せる。

立原が思った時だった。

「詩の一節でしょうか」

ぽつりと衛藤が言った。

詩の一節……。

立原は改めて頭から読んだ。

確かにそんな感じもする。

至る所に、偽善か、少なくともイカサマがある——。

立原はふと奇妙な感覚に囚《とら》われた。

知っている。

そんな気がしたのだ。この一節を知っている。

何かで読んだ……? 耳にした……? わからない。だが知っている。この一節を心の中で呟《つぶや》いたことがある。

にわかに神経が昂《たかぶ》った。

呼び合っている。

共振している。記憶と文面が。

その驚きは、立原の意識を一瞬遠退《とおの》かせた。

7

「要するにサイバーテロ防止の訓練画像だったんだ。それが誤ってホームページに流れてしまったってわけだ」

一通り話を終えた立原は、目の前の大学生の反応を窺《うかが》った。

「そうだったんですか……」

富田徹《とおる》。二十歳《はたち》。信じてはいないが従うほかないといった顔だ。万事、従順で諦《あきら》めがいい。貪欲《どんよく》さが微塵《みじん》も感じられない。今の大学生はおおよそこんなふうか。八畳ほどの広さの洋室は物で溢《あふ》れ返っている。パソコンもノートとデスクトップの二台があって、高価な付属品が幾つも接続されていた。

「まあ、褒められた話じゃないんで、人には黙っていてくれないか」

「ええ……」

「もう誰かに話したかい？」

「いえ。誰にも」

「だったら頼んだよ」

最後の言葉は少し強く言い、立原は腰を上げた。

部屋を出ようとした背中に声が掛かった。

「あ、あの……」

振り向くと、笑い損ねたような富田の顔があった。

「警察官になるのって難しいですか」

　ただ従順で諦めのいい大学生ではなさそうだ。不況がこうまで長引くと、普通の役所ばかりでなく警察だって人気職種に化けたりする。

「君ならきっとなれるさ」

そう言い残して富田の家を出た。

立原は車を飛ばして「二人目」の自宅へ急いだ。午前十一時半。谷沢係長はもう空港に着いたろうか。残る一人は長崎市在住の会社員だ。

目的地が近い。立原は公園近くの空地に車を停め、住宅地図を頼りに「門倉《かどくら》」の表札を探した。プロバイダー契約をしたのは主《あるじ》の門倉明夫だが、事前に入れた電話によると、実際にパソコンを使っているのは中三の次女だという。

ひきこもり――。二人の娘をもつ立原にしてみれば人ごととも思えぬ話だが、しかし、こと今回の一件に限って言うなら、パソコンの使用者である門倉千絵《ちえ》が学校関係者と直に接触していない事実は福音だった。

屋敷と呼んでいいほどに立派な三階建ての家だった。既に電話で用件を伝え、承諾を得ていたにも拘《かか》わらず、応対に出た母親は娘に会わすのを渋った。

「気分がすぐれないようですので」

「十分もあれば済みますから」

立原は半ば強引に家に上がった。

娘の部屋は三階だった。ノックをしたが応答はなく、母親が、「入るよ」「ホントに入るからね」と何度も声を掛けてドアを開けた。

門倉千絵はベッドにいた。鼻まで布団《ふとん》に潜り、油断のない瞳《ひとみ》をこちらに向けていた。

「千絵ちゃん。さっき話したでしょ。警察の人がお話があるんだって」

「……………」

「あのね、あなたがどうだとかいう話じゃないんだって。お願いごとなんだって」

立原は母親に目配せして部屋を出るよう促した。千絵の様子から、母親への嫌悪《けんお》を嗅ぎ取ったからだった。

二人きりになるとすぐ、千絵は蚊の鳴くような声で言った。

「あたし、なんにも悪いことしてないよ」

「わかってるよ。実はね——」

立原は大学生の富田にしたのと同じ話をした。千絵は黙ったまま、幾つあるか見当もつかない数のぬいぐるみや人形とともに立原をジッと見つめていた。

「誰にも言わないでほしいんだ。約束してくれるね」

「……別にいいけど」

「ありがとう。じゃあお邪魔したね」

腰を上げ掛けてふと思った。立原は千絵を見つめた。

「どうして警察のホームページを見ようと思ったんだい？」

素朴な疑問だった。警察の何が中三の女の子の関心を引いたのか。

布団の中から答えが返ってきた。

「他に見るものがなくなったから」

抑揚のない声だった。ベッドの向こうの飾り棚に置かれた、無機質な西洋人形が喋ったように聞こえた。

勉強机の上のノートパソコンは閉じられていた。真夜中、灯《あかり》を落とした部屋で、パソコンの青白い光を映す表情のない少女の顔が見えた気がした。学校に行かず、外に遊びにも出ず、ただネットワークの海を泳ぎ続けている。果ても底もない無限大の海。そこにすら、もはや十四歳の少女の胸を揺さぶる何物もないというのか。

立原は門倉の家を辞した。湿った気分だったが、それも車に戻るまでだった。

すべてうまくいっている。

県警のホームページは既に復旧。フランス語の文面は無害。そして、早くも二件の口止めに成功した。

県警本部ビルには午後二時丁度に戻った。

情報管理課に入ると、安井課長がオーバーな動作で手招きした。何か動きがあった――。

「忘れないうちに言っておくけどね。困るんだよ、ああいうの」

「えっ……？」

「今朝のことさ。なんで部長に電話入れる前に僕に連絡くれなかったの？　怒鳴られちゃったよ。君は携帯持ってないから、代わりに僕が――」

それが言いたかったのだ、朝からずっと。

立原は詫《わ》びなかった。

「何か動きはありましたか」

「ああ、幾つかあったよ――」

安井は尖らせた口のまま言った。

一つは長崎に飛んだ谷沢からの連絡だった。首尾よくいった。会社員をつかまえ「誰にも話さない」と言質《げんち》を取ったという。

もう一つは県庁の仲川からの情報提供だった。フランスに赴任しているメーカーの人間が、二つ目の「踏み台」を突き止めた。今度のはロンドン郊外の図書館だった。県警のクラッカーは、その図書館のサーバーからパリのプロバイダーに侵入した後、県警のホームページを襲ったということだ。無論、図書館の前にまた別の「踏み台」があったとみるべきだ。

立原はまじまじと安井の顔を見つめた。この二つの情報よりも、さっきの話のほうが重要だとでも言うのか。

が、安井はまだとんでもない隠し玉を持っていた。

「それと立原君、総務課長から電話があってね、戻ったらすぐ本部長室に来るように、って」

「えっ、この件で？」

「知らないよ、僕は」

立原は二の句が継げず部屋を出た。廊下は小走りになった。一警部が本部長に呼ばれる。ありえないことだ。

総務課のドアを開くと課長席の石巻が手を挙げた。

「お待ちかねだ」

立原は痛いほど背筋を張った。奥の本部長室のドアをノックした。巡査拝命以来、初めての入室だった。

澄田《すみた》本部長は執務机にいた。

「来たか。まあ、かけたまえ」

どうやって歩いたかわからない。向かい合ってソファに座った。靴底で床を感じられないほど絨毯《じゅうたん》が厚い。

澄田の口調は静かだった。

「立原君といったな。君、柳瀬部長に、サイバーテロの件を本庁に報告するなと進言したんだって？」

立原は硬直した。顔から血の気が引くのが自分でわかった。

「は、はい……」

「どうしてだ？　県警も警察庁も同じ警察じゃないのか」

「マスコミに洩《も》れないように、と」

「確かにマスコミに知られては都合が悪い。しかし、それと本庁に報告をしないこととは話が別だろう」

返答に窮した。

脳裏には柳瀬の顔があった。おそらく立原がしたのと同じ進言を澄田に上げたのだ。

ところが澄田に叱責《しっせき》され、咄嗟《とっさ》に責任を回避した。立原の名を出したのだ。ホームページの責任者がそう言っているんです、と。

澄田は続けた。

「本庁に知らせないということは捜査を放棄するということだ。違うか？」

「……そうです」

「聞かせてくれ。君をそこまで保身に駆り立てたものはいったい何なんだ？」

「………」

澄田は最後まで紳士然とした態度を崩さなかった。

「忘れてくれるなよ――管理部門にいる我々もまた警察官なんだ」

8

闇《やみ》。正確な「L」の文字。

午前三時だ。隣で妻の寝息がする。

立原は布団の上に座していた。

〈聞かせてくれ。君をそこまで保身に駆り立てたものはいったい何なんだ？〉

憎しみが胸を支配している。

澄田本部長は誠実だった。その誠実さが、立原の憎悪を掻《か》き立てていた。

『至る所に、偽善か、少なくともイカサマがある』

『最も徳のある者にさえも。最も偉大な者にさえも』

悪意ならば受容できる。柳瀬部長や安井課長など取るに足らない。剝《む》き出しの悪意も狡猾《こうかつ》さも陰険さも、余さず父の中にあった。ずっとそれを見て育った。

周りの人間すべてを憎んでいた。貧しさを嘲《あざけ》る級友を憎み、授業中一度も立原を指さない教師を憎み、金を貸してくれない金貸しの老婆《ろうば》を憎んだ。

だが――。

立原が真に憎しみを覚えたのは、一見誠実で優しげな人間たちだった。視界に入った時だけ慈《いつく》しみの眼差《まなざ》しを向け、誠実な言葉を掛け、気まぐれに優しさを分け与え、そうして少年の心に灯をともしておいて、ある時その灯を無表情で吹き消す人間たちだった。

彼らは「至る所に」いた。

朝刊を配達していた何百という家に。

彼らとの間には塀か生垣があった。彼らはその囲いの中から、囲いの外側を忙しく駆け回る立原を優しく見守っていてくれた。

しかし彼らの心根が優しいわけではなかった。配達コースで牛乳が盗まれれば貧しい少年に疑いの目を向けた。うっかり新聞を入れ忘れれば、少年にどれほどの災禍が降りかかるか考えもせず販売店主の耳に尖《とが》った声を吹き込んだ。街中で擦れ違った時には、着たきり雀《すずめ》の見すぼらしい少年に気づかないふりをした。そして翌朝、新聞を配りに行くと彼らは言うのだ。「感心だね。いつもご苦労さま」――。

途方に暮れるしかなかった。優しさや誠実さを疑うしかなかった。母が生きていたらと幾度思ったろう。父が死んでくれたらと何度願ったことだろう。

思いが天に通じた。立原が十四歳の夏に父が胃ガンで逝《い》った。叔父夫婦の家に引き取られ、新聞少年に与えられる奨学金で高校に通った。公務員の肩書と昇進制度に憧《あこが》れて警察官になった。同じ制服と同じ給与でスタートし、頑張り次第で人の上に立てる階級社会。仕事をきついと感じたことなどなかった。上昇――そこには胸のすくような快感が常にあった。そして一つずつ手に入れていったのだ。生活していくのに十分な金。鉄筋建ての3DKの官舎。大らかな妻。生意気盛りの二人の娘。自分に合った仕事。望んだ以上の階級。テレビも車もクーラーも……。

ようやく獲得したのだ、恋い焦《こ》がれた囲いの中の生活を。

クラッカーがそれを奪おうとした。組織の囲いの中から立原を引きずり出そうとした。失職だぞ。あの柳瀬の一言で常軌を逸した。囲いをおびやかす全《すべ》ての可能性を排除しようとした。たとえそれが警察庁であろうが容赦しない。そう思った。

しかし、わからない。

最も憎むべきクラッカーに心を揺さぶられたのはなぜなのか。

あの文面が昔の記憶と重なったから共振した。ただそれだけのことか。

俺は真実を愛した。

それは、どこにある？

至る所に、偽善か、少なくとも

イカサマがある。

最も徳のある者にさえも。

最も偉大な者にさえも。

違う。

知っていた。

ずっと前から知っていた。

やはり、そう思えてならない。

文面を読んだ……？　耳にした……？　それは一体いつ……？

立原は闇を見つめた。

その闇は真っ黒い画面を思わせた。

赤い横文字が走った。

その時だった。

頭の中で何かが爆《は》ぜた。思考の塊が飛び散った。ネットワークの中を疾走するあまたの情報のごとく、それは立原の脳内を瞬時に駆け巡った。

9

五日後。立原は一冊の文庫本を手に、知り合ったばかりの男の家を訪ねた。

犯人がわかった。

証拠はない。確信だけがただ胸にあった。

「結局、『踏み台』は欧米五カ所にこっそり置かれていたんだが、発信元は日本だったよ。青森の主婦だ。IDとパスワードを盗まれていた」

「カマをかけてるんですか。僕は翻訳は頼まれましたが、事件のことなんか何一つ聞かされませんでしたよ」

衛藤久志は色白の端正な顔に薄い笑いを湛《たた》えていた。

「しかしまあ、いいでしょう。僕のほうも話したかったのは確かです。あなたに幾つもヒントをあげて、気づくのを待ってたようなところもあったわけですから」

立原は衛藤の目を見つめた。

「認めるのか」

「青森の先は難しいですよ。辿《たど》るのはまあ不可能です。ほら、この部屋にはパソコンがないでしょう？　でも巷《ちまた》にはパソコンが溢《あふ》れていますからね。二十四時間、接続しっぱなしのパソコンが石ころみたいにゴロゴロしてる」

「なぜこんなことをしたんだ？」

衛藤は笑みを濃くした。

「ジョークですよ、ジョーク。あなただって、僕のジョークに気づいたからここに来たんでしょう？」

そう言われて、立原は膝《ひざ》の脇《わき》の文庫本をテーブルの上に置いた。

スタンダール著『赤と黒』――。

やはり若いころ読んでいた。地位も財産もない青年の野心の物語を。

黒い画面に赤文字で綴《つづ》られたあの一節は、決して短いとは言えないこの小説の最後近く、第四十四章の中ほどに出てくる。死刑が決まった主人公ジュリヤンの、牢獄《ろうごく》での独白として。

『赤と黒』に思い当たれば、当然のごとく衛藤に疑いの目が向く。五日前、翻訳を終えた衛藤は「詩の一節でしょうか」と言った。仏文科を出ている衛藤がなぜ『赤と黒』に気づかなかったのか。いや、それこそが、意図的に潜ませた「ヒント」だったのだろう。冒頭の主語を「俺は」と訳したのもそうだ。直訳なら「私は」とすべきところを、『赤と黒』に則して変えていた。

「もともと僕はハッキングが趣味でしてね。ニッ種で海外を渡り歩いていたころ、誰も面倒みていないサーバーとか見つけると、こっそり『裏口』を作ったりしてたんですよ。今回はそれが役に立ちましたね」

「なぜ県警を標的にした？」

「だからジョークですってば。警察をからかうと面白いでしょ。青筋立てて大騒ぎするし、それに――」

話を遮《さえぎ》って立原は言った。

「県警の通訳に応募したのは八月二十九日だったな」

「えっ？」

衛藤の母の四十九日は休刊日明けの十月十五日だった。逆算すれば、衛藤は母親が死んだ翌日に通訳に応募したことになる。

「すごい！」

短く発して衛藤は目を輝かせた。

「わかりました。そこまでわかってるなら話しますよ。実は、あの『赤と黒』にはもう一つ意味があるんです。笑っちゃうようなダジャレですけどね」

「ダジャレ？」

「そっ。僕の父は学校の教頭までやった人だったんですけど、当時はなんだか、組合と、そうでない先生とのバトルが凄《すご》かったらしくて。互いに『赤い教師』『黒い教師』なんて罵《のの》り合って、ついには暴力事件にまで発展したらしいんです。気の弱い父は両方に挟まれてオタオタした挙げ句、過労死みたいにして死んでしまったんですよ。で、僕はずっとそう思っていたんですが、死に際《ぎわ》に母が言うには、警察に殺されたって」

立原は黙して話の先を促した。

「先生同士のその暴力事件で父も警察に話を聞かれたんですが、それが随分と厳しかったらしいんですね。お前は赤なのか、黒なのか、って。いや、本当かどうかわかりませんが、うわ言みたいに、警察、警察ってあんまり母が言うもんですから」

「……」

「あっ、違いますよ。勘違いしないで下さい。復讐《ふくしゅう》なんかじゃありません。遊びです。ホント、ただの遊びですから」

こういう時代だ、こんな人間がいてもおかしくない。衛藤の唇が微《かす》かに震えているのを見逃していたなら、言葉の軽さをそのまま信じたかもしれなかった。

「一つ聞かせてくれ」

立原は静かに言い、視線を窓に逃がした衛藤の横顔を見つめた。

「俺は真実を愛した――その意味だ。お前の愛した真実って何なんだ？」

「記号ですよ」

衛藤は窓を見たまま呟《つぶや》いた。

「T大、U大、仏文科とかバイオとかニッ種とか……。でも、中身がないと幾ら集めたって無駄ですね。本当のことを言ってしまうと、ニッ種、リストラされたんです。公務員とは違いますから、今の時代、三十代だって能力がなければバッサリです。それでまあ、仕方なくこのあばら家に戻ってきたってわけです」

衛藤は顔を戻し、立原の目を見つめ返した。

「貧しいってことがどういうものだか知ってます？」

「……」

「結構しんどいもんですよ。母と二人、父の遺族年金でどうにか食っていましたけどね。やっぱり、『赤と黒』をルイ王朝時代の社会小説として読むなんてこと、僕にはできなかった」

立原は小さく息を吐いた。

「二つも大学を出た人間の言うことか」

「だから記号です。あの八年、バイト以外の記憶はありませんよ」

立原は腰を上げた。衛藤を見下ろして言った。

「イタチごっこの意味、知ってるか」

「えっ……？」

「その時々で、勝つこともあれば、負けることもあるってことだ」

衛藤は微かに顔を強張《こわば》らせた。

立原は語気を強めた。

「二度目はないぞ——今度ウチに遊びにきたら必ず捕獲するからな」

10

午後十時を回っていた。

立原は官舎に向けて車を走らせていた。

胸には衛藤の台詞《せりふ》が突き刺さったままだった。

記号……。

同じだった。立原もずっとそうして生きてきた。

公務員。金。3DK。大らかな妻。二人の娘。自分に合った仕事。望んだ以上の階級……。「幸福の記号」を集めてきた。その数をいつも数え、確認していた。増えれば増えただけ、過去から遠ざかれると信じていた。

立原は駐車場に車を停め、暗がりを歩いた。官舎の階段を上る足は重かった。

今回の一件で上の信頼を失った。来春の異動は間違いない。澄田本部長が信ずる誠実さは、しかし自分の属する警察庁を蔑《ないがし》ろにした地方警察の人間を許さないだろう。彼の「囲い」を侵してしまったのだ。ただの異動では済まない——。

立原は部屋のドアノブに手を伸ばした。

と、ドアが内側から開いた。

「お帰りなさい！　驚いたでしょ？　窓から車が見えたのよ」

妻の顔は得意そうだった。

「そうか」

「そうかじゃないでしょ。心配してたのよ、遅いから」

「そうか……」

居間に入ると、両脇から腕を掴《つか》まれ、両耳に甲高い声が吹き込まれた。

「ね？　いいよね？」

「ＯＫだよね、ケータイ」

もう半月もこの騒ぎをしている。

「ねえ、いいでしょ〜？　ねえってば。みんな持ってるんだよォ。クラスで持ってないの、あたしだけなんだからァ」

「あたしだってそうだよ。笑われてるんだよ、恥ずかしくて学校行けないよォ」

両側から腕が激しく揺すられる。

なぜだか胸が熱くなった。

ふわっと部屋の中を見渡した。キッチンに、毎晩大変ねえ、の笑顔があった。記号ではない。ほんの少し前までモミジのようだった手が、立原の腕を揺すったり、引っ張ったり、つねったりしている。

これが記号であるはずがなかった。

ゆっくりと溶けだしていく感情があった。

仮にそう、家が狭くなり、給料が減り、肩書や役職を失ったとしても——。

「もう！　聞いてるのお父さん？　いいよね、ケータイ」

「じゃあ決まりね。もう決めたからね」

立原は思い出したように息を吐き出した。

「駄目だ」

バカ！　ケチ！　化石アタマ！

洗面所まで追いかけてきた罵詈《ばり》雑言《ぞうごん》を背に、立原は細く絞った水で顔と手を洗った。

静かな家

I

整理部は午後八時を過ぎて目覚める。

県民新報本社ビル五階の編集局。出入口に近い整理部のシマには二十ほどの頭が犇《ひしめ》き合っていた。デスクから渡された原稿のモニターに目を通す者。机の上に広げた割付《わりつけ》指定用紙に線を引く者。腕組みをして宙を睨《にら》みつつ見出しを思案する者。コンピューター端末の編集機に向かって紙面制作を急ぐ者……。

そうした作業を一足早く終えた高梨透《たかなしとおる》は、組み上がった「地域版」の仮刷りに目を通していた。外勤記者のキャリアは十六年に及ぶが、整理の仕事に就いてまだ日が浅いので、一面や社会面に比べて責任も負担も軽い地域版を組むことが多い。完成した紙面を印刷工程に回す「降版《こうはん》」は概《おおむ》ね午後八時半。他の紙面より三、四時間早い計算となる。

——まずまずだ。

高梨は仮刷りの記事をチェックしながら内心胸を撫《な》で下ろしていた。整理記者には、あらゆる事象に対応しうる柔軟性と判断力が要求されるが、それ以上に必要なのがセンスと器用さだ。的を射た説得力のある見出し。読みやすく、見た目も美しいレイアウト。自分はそうしたものを生み出す才能が乏しい。紙面作りのコツは多少摑《つか》んだものの、センスは別物だと日々思い知る。外勤記者時代は気にもとめなかったが、整理を三カ月余りやってみて、「切れ味のいい紙面」と「野暮ったい紙面」の見分けぐらいはつくようになった。

しかし、今日はまぐれのようにいい紙面が出来上がった。トップ記事の市民マラソンは写真を大きく使って大胆に組んだ。主見出しは《川風切ってひた走る》。感じが出ている。事件や政経記事にはズバリ核心を突く見出しをつけるが、地域版の場合は、記事内容の雰囲気をうまく取り込んだ見出しがよしとされている。

準トップの手話講座と、「へそ」と呼ぶ紙面中央の夏祭りの記事もバランスよく組めた。中段から下段に掛けて十本ほどの小さい記事。いつもなら、のっぺりとした感じになってしまうのだが、見出しと記事配置にアクセントが効いていて悪くない。これなら部長やデスクだって文句のつけようが——。

えっ？

思考が止まった。目を通していた仮刷りに違和感を覚えたからだった。

「高梨──」

だみ声に振り向くと、地域版デスクの荒川がモニター用紙と写真を突き出していた。

「すまんが、こいつをブチ込んでくれ」

「今からですか」

高梨の声は上擦《うわず》った。壁の時計に目をやる。八時二十分。降版予定時間まで十分しかない。

「明日じゃまずいですか」

モニターを受け取りながら高梨は顰《しか》めた顔で言った。地域版の紙面は、その日に取材して書かれた「ナマ」の原稿と、掲載を急がない保存原稿とを混ぜて作る。そもそも地域版に回ってくる原稿に緊急性などあろうはずもないから、遅い時間に記者が送ってきた原稿は「一日寝かせて使う」のが常だ。

「自社モノなんだ」

荒川の答えは高梨を落胆させた。自社モノ──県民新報が主催か後援をしている催し物である。

高梨はモニターに目を落とした。《本社後援》のクレジットが赤字で記されている。記者がつけた仮見出しは《Y地区ジュニアバレエ発表会》。Y支局の四年生記者、湯沢のキツネ目が忌《い》ま忌《い》ましく浮かんだ。

「こんな原稿出てくるなんて聞いてませんでしたよ。それも八時過ぎになって」

「Y市は市長選やってるからな。そっちでバタバタしてて書くのが遅れたらしいんだ」

「けど、出稿の連絡ぐらい――」

言い掛けて高梨は溜《た》め息《いき》をついた。愚痴っても始まらない。原稿は泣く子も黙る自社モノなのだ。

「行数は何行です？」

「三十行ぐらいだ」

「写真も使わないとまずいですよね」

「使ってくれ。主催者の石井って婆《ばあ》さんは副社長の知り合いらしい」

高梨は席を立った。モニターと写真を手に整理部デスクの蒲地《かまち》に歩み寄る。

「飛び込みがあったんで組み替えます」

蒲地は腕時計をチラリと見てから顔を上げた。

「いじりは大きいの？」

「自社モノ三十行、写真付きです」

ッ机の上には、さっき高梨が配った地域版の仮刷りが開いてあった。蒲地も最終チェックの最中だったとみえる。

二人して難しい顔を仮刷りに落とした。

「肩のこれは外せるの？」

右肩に寄せて組んだ準トップの手話講座は、第二社会面に入りきらずに回ってきた原稿だ。五つのボランティア団体が共催したものだからニュース性はあるし、だいいち二百人も参加している。

「ちょっと明日回しにするには抵抗があります」

蒲地の目が下段に下りる。

「……こいつを外したいとこだが、今日までかあ」

「ええ、そうなんです」

高梨は見出しに目を落とした。

《きょうまで須貝《すがい》さんの写真個展》――。

虹《にじ》と雲をテーマにしたという写真の個展の記事だ。「須貝」の肩書はフォトグラフアーと書かれているが、その男の名を高梨は耳にしたことがなかった。素人《しろうと》に毛の生えたようなものだろうと高《たか》を括《くく》り、一昨日《おととい》出稿されたこの原稿を二日寝かせた。四日間の個展は明日が最終日だから、今日組んでやらねば集客効果はなくなってしまう。

「だったら――」

蒲地は最下段のベタ記事を指さした。

「この二本を外すか。交通安全運動の記事はゲップが出そうだしな」

「ここにバレエを？」

「自社モノじゃあそういうわけにいかんだろ。肩にバレエを入れて手話講座を下に流す。へそのお祭りを少し小さくすれば何とか恰好《かっこう》がつくだろう」

視界が暗くなるのを感じた。まるっきりの組み直しということではないか。

「やってみます」

高梨は壁の時計を睨みつつ早足で電子制作部に行き、バレエの写真をスキャナーでホストコンピューターに取り込んでくれるよう頼むと、小走りで自分の机に戻り、モニターの行数を数えた。

思わず舌打ちが出た。三十九行もある。

高梨は尻《しり》を乗せたまま椅子《いす》を横にずらして編集機の前に移動した。画面には降版寸前だった地域版が映し出されている。これまでになく出来ばえのいい紙面。壊すのは忍びなかった。

が、そんなことは言っていられない。まずはマウスをクリックしてバレエの原稿と写真が入力されたかどうかを確認する。入っていた。急《せ》いた手でマウスを操作し、交通安全運動の記事を二本外す。肩とへその記事も一旦《いったん》外して紙面の欄外に移し、空いた肩のスペースにバレエの原稿を流し込む。途端、画面右下に〈オーバーフローしています〉の文字が表示され、点滅を始めた。行数が多すぎて入りきらないのだ。原稿を切ってくれるようデスクに頼むか。いや、写真を小さくすれば済みそうだ。「ヨコ位置」の写真をトリミングして無理やり「タテ位置」に変えた。そうしてもう一度、原稿を流す。次の瞬間、〈オーバーフローしています〉。

くそっ！

高梨は腹で罵《ののし》り、腕時計を見た。八時三十五分。降版予定時間を過ぎた。

「大変そうだな」

隣の席の串木《くしき》が声を掛けてきた。高梨とは同期入社だが、整理に関しては十二年やっている大先輩だ。

「何てことない」

強がったのは、向かいの席にいる手塚理絵《りえ》の目が気になったからだった。入社二年目の二十四歳。整理のセンスは抜群で、それを鼻にかけているようなところがある。高梨がパニックに陥ると声を殺して笑う。来年は四十だ。もはや内勤に入れられたからといって不貞腐《ふてくさ》れる歳《とし》でもないのだが、しかし互いに外勤記者として出会えば顎《あご》で使えたはずの若い娘に小馬鹿《こばか》にされるたび、高梨は局幹部を呪《のろ》いたいような気持ちになる。

「急いでくれ」

デスクの蒲地から声が飛んだ。

高梨は編集機に齧《かじ》りついていた。時計の針は残酷なほど速く進む。行数合わせに手間取り、九時を回った。階下の写真製版課から電話が入った。おい、どうしちまったんだ？　怒声に近かった。

わかってます。怒鳴り返す思いで電話を叩《たた》き切った。

組み替えは終わっている。あとは見出しだけだった。ジュニアバレエ発表会の見出し……見出し……。高梨は眉間《みけん》に親指を押し当てた。苛立《いらだ》つ。社屋の建て直しを機にデスク回りは禁煙になった。貧乏揺すりの振幅が次第に大きくなる。

ポン、とフレーズが浮かんだ。

《豆プリマ　観衆を魅了》

無難なところだろう。これでいい。高梨は編集機のキーボードを叩いた。背後でクックッと笑い声がした。振り向くと、三日月形になった理絵の細い目が画面を覗《のぞ》き込んでいた。

「何だ？」

睨みつけて言ったが、理絵は怯《ひる》むでもない。

「豆剣士とかならともかく、豆プリマはないんじゃないですか。未来のプリマ――ぐらいにしといたほうがいいと思いますけど」

言い返そうとして、だが、ぐっと言葉に詰まった。未来のプリマ。それ以外のフレーズはありえないという気になる。

嵩《かさ》に掛かった声が降ってくる。

「それに、観衆っていうのもちょっと仰々しいですよ。素直に観客にしたほうがいいです」

怒らせた肩で理絵を追い払い、高梨は見出しを打ち直した。間髪《かんはつ》を入れず「仮刷り実行」のキーを押す。椅子を背後に弾いて席を立ち、部屋の隅に置かれた、通称「ビッグマウス」に駆け寄った。普段なら二、三分で仮刷りを吐き出すのだが、高梨の作業が遅れたために科学面や市況欄とかち合い、ここでも十分ほど時間をロスした。

「お願いします」

作り直した仮刷りを蒲地の机に置いた時、高梨の机の電話が鳴り出した。九時二十五分。ベルの音が尖《とが》って聞こえる。

「ざっと見て問題なかったら行ってくれ」

蒲地は早口で言った。

高梨は直した部分を指で辿《たど》りながら自分の机に向かった。OK。大丈夫だ。そう呟《つぶや》き、受話器を取り上げた。

〈おい！　いったい何時だと思ってんだ！〉

「今、降ろしました！」

先に言っておいて、高梨は「降版実行」のキーを押した。

終わった。

長い息を吐き出す。中心に寄っていた両方の眉《まゆ》が、すっと左右に広がるのが自分でわかる。そこが外勤記者とは決定的に異なる。どれほど忙しい時間を過ごそうとも、自分の紙面を降版してしまえば整理の仕事は跡形もなく頭から消し飛ぶ。受け身の職場だからだ。明日の仕事は、明日出稿される原稿を見てからでなければ予定の立てようがない。

高梨は帰り支度を始めた。周囲は殺気立っている。これからが本当の意味での新聞作りの修羅場だ。

「悪いね」

いつもの言葉を隣の串木に掛け、高梨はそっと席を立った。

まずはロビーの喫煙コーナーで一服だ。そんな些細《ささい》な楽しみが、高梨の足取りを驚くほど軽くさせていた。

2

晩酌のあと軽い食事をとり、最終のテレビニュースを見終えると午前一時近かった。

妻の咲子は今し方休んだ。高梨が整理部に移ってからというもの、すこぶる機嫌がいい。あなたには振り回されっぱなしだったたから。さも嬉《うれ》しげに記者時代の不規則な生活ぶりを口にする。整理部はローテーション職場だから、月初めにその月の勤務日程がすべて決まる。仕事内容とは逆に明日の予定が立つので、買物や映画に付き合わされることが多くなった。

高梨はぼんやりとした頭でこれから先のことを考えていた。二、三年整理部を務めれば地域版デスクに座れるか……。局内の誰と比べても遜色《そんしょく》ない記者キャリアを積んできた。駆け出しで警察担当を二年。スポーツを三年。支局を二つ回り、本社に戻って市政と県政も経験した。バリバリやってきたというのとは違うが、行く先々の部署で手堅く仕事をこなしてきた自負がある。他社を驚かす特ダネも幾つかものにしたし、道路行政や教育問題に関するキャンペーン企画も張った。各方面に人脈を築き、酒やゴルフの付き合いを怠《おこた》らず、記者という仕事抜きには語れない日常を過ごしてきた。

だが……。

整理部に異動してたった三月で新たな生活パターンに染まりつつある。当たり前のようにTシャツ姿で昼過ぎに出社し、上司の顔色を窺《うかが》いつつ勤務時間の大半をデスクワークで過ごし、仕事の合間を縫っての一服に幸福感すら覚えている。そうした毎日に嫌悪《けんお》を感じるどころか、むしろ、記者でなくなって肩の荷が下りた、気楽でいい、そう思い始めている自分が確かにいる。ならば名刺片手に十六年間も外を闊歩《かっぽ》していた自分はいったい何だったのか。

自信を失ったからかもしれない。外勤記者は、カンが鋭いとか、押し出しが強いとか、粘りがあるとか、何か一つ他人より秀《ひい》でていればやっていけるものだが、整理部ではその人間の持つ「基本性能」とでも言うべき能力が日々試されてしまう。センスもそうだし、部の上司や制作局の連中に対して仕事の過程を一から十まで晒《さら》すプレッシャーにも堪えねばならない。記者のように一人で動き、原稿で結果だけを見せればいいというわけにはいかないのだ。

大した男ではなかった。自分をそう卑下した時、外勤に戻りたいという気持ちが萎《な》えたのだと思う。上を見るようになったのもそのせいだ。そもそも外勤記者の世界に出世の概念は希薄だ。ずっと記者でいることが秘めたプライドであり、だからたとえヒラのままでも胸を張っていられる。高梨の同期や歳《とし》の近い者の中には「敏腕」と称され、今後も内勤とは無縁の記者人生をひた走るであろう人間が幾人もいる。僻《ひが》み半分、そうした連中への対抗心が芽生えたのだ。こうなりゃ、デスクにでもなって奴《やつ》らと張り合うしかない――。

高梨は煙草《たばこ》に火を点《つ》けた。灰皿は吸殻の山だった。押《お》し並《な》べて一日に吸う本数は以前より増えた。もう寝よう。半裸の女たちがはしゃぎ回るテレビを消すと、部屋は静寂に包まれた。

腰を上げかけた時、電話が鳴った。

高梨はぎょっとして置き時計を見た。午前一時を過ぎている。もう輪転機が回っている時間だ。

膝《ひざ》で歩いて受話器をとった。

〈あ、夜分すみません。手塚ですが〉

手塚理絵から電話？　初めてのことだ。高梨の頭は空転した。

「何？」

〈あの……地域版に間違いがありましたよ〉

間違い……？

目が宙を泳いだ。

「……どんな？」

〈写真展の原稿載せたでしょう。あれ、終わってます〉

すぐには理解できなかった。だが、口の中は一瞬にして乾ききっていた。

〈もしもし――もしもし〉

「聞いてる」

〈原稿読んだら二十五日まで写真展やってるって書いてあるんですよ。明けて今日は二十六日です。つまり写真展は昨日までで、今日はもう終わってるってことでしょ

う？〉

受話器を握る手が震えた。

「ちょっと待ってくれ」

高梨はバッグを引き寄せ、中身を畳にぶちまけた。四つ折りにした地域版の仮刷り。受話器を肩に挟んで、手荒に開いた。

《きょうまで須貝さんの写真個展》

記事に目を走らす。

その目に痛みを感じた。二十五日まで。確かにそう書いてある。勘違いしたのだ。原稿を二日寝かせた。最初に目を通した時に「二十六日まで」と読み違えてしまったのだ。悪魔に魅入られた——ベテラン整理記者たちはそう呼ぶ。

高梨はうなだれた。

脳裏に仕事場の光景が蘇《よみがえ》っていた。そうだった。仮刷りのチェックをしていた時、違和感を覚えたのだ。目は、このミスに気づいていた。なのに地域版デスクの荒川が邪魔をした。バレエの原稿を突き出したりするから気が逸《そ》れた。いや、悪いのはY支局の湯沢だ。あんな遅くに地域版の原稿を出してきた。紙面は組み直しになった。最後はドタバタ降版となり、高梨も整理部デスクの蒲地もミスを見逃した——。

高梨は受話器を握り直した。

「新聞は？」

〈もう行きました〉

もしやと思ったが望みは断たれた。既に輪転機は回ってしまっている。

〈アパートに戻ってから仮刷り見てて気づいたんです。あの……私、誰にも話していませんから〉

その段になって、理絵の声にいつものからかうような調子がないことに気づいた。

〈ひょっとすると誰も気づかないかもしれませんよ。地域版だし。小さな記事だし〉

誰も気づかない……。

その言葉は天使が発したとも悪魔が発したとも聞こえた。

高梨は受話器を置いた。

開いた襖《ふすま》の隙間《すきま》に咲子の腫《は》れぼったい顔が覗いていた。

「何かあったの？」

「何でもない。寝ろ」

襖が閉じると、高梨はテーブルの上に仮刷りを移した。今一度、記事を読む。いや、何行も読まずにテーブルに拳《こぶし》を落とした。

――あのアマ、適当なこと言いやがって。

昨日終わった写真展を今日までやっていると新聞に載せてしまったのだ。朝刊のこの記事を見て会場に出掛ける人間がいる。苦情の電話が本社にいく。誰も気づかないなどということがあるはずないではないか。脳は理絵の言葉を信じたがっていただけに、腹立たしさは一際《ひときわ》大きかった。

高梨は大の字に転がり、しばらくの間、思案を巡らせた。

蒲地デスクに電話を入れるか……？

午前一時半。もう社を出たろう。車で十分と掛からない場所に住んでいる。電話をして謝ってしまえばいい。朝までモヤモヤを引きずるより、今夜中に詫《わ》びてしまったほうがさっぱりする。日付を読み違えたわけだから、無論、責任の大半は高梨にあるが、蒲地の責任だって小さくはない。仮刷りでミスを発見できず、職制として降版のゴーサインを出したのだ。

いや……。

蒲地にも責任の一端があるだけに、いま電話するのは控えたほうがいいかもしれない。一見、温和そうに見えるが、蒲地は粘着質で根に持つタイプだ。高梨に恥をかかされた。そんなふうに受け取られ、一晩中、怒りを増幅されてはたまらない。明日出社してすぐに頭を下げるのが得策か。それとも朝一番に電話を入れるほうがいいだろうか。

心に別の影が落ちた。

載せられたほうは何と言ってくるか……。

高梨は体を起こし、再び写真展の記事を目で追った。フォトグラファー須貝清志《きよし》。四十三歳……『虹《にじ》と雲が出逢《であ》うとき』……旭《あさひ》が丘《おか》町のギャラリー「旭」……。

つまり、須貝清志とギャラリー「旭」の経営者の両方が県民新報に文句を言ってくるということだ。さらには客からの苦情電話だ。十人か。五十人か。それとも百人か。地域版に記事が載ることによってどれほどの客が集まるものなのか、高梨には見当もつかなかった。

大した騒ぎにはならない。そんな気もした。

プロを名乗ってはいるが、須貝清志は無名に近いに違いない。そうした人間が開いた個展に出向くのは友人知人ばかりというのが実相だろう。ならば新聞に載る載らないにかかわらず、個展に顔を出す人間たちはあらかじめ開催期間を承知していると考えていい。

しかし、わからない。想像がつかない。『虹と雲が出逢うとき』。このタイトルに惹《ひ》かれて足を運ぶフリの客の数が。

布団《ふとん》に入ったが眠れなかった。網膜には、苦情電話に慌《あわ》てふためく編集局の光景が「オーバーフロー」を警告する点滅のように浮かんでは消えていた。

3

午前八時。高梨は車で旭が丘町のギャラリー「旭」に駆けつけた。コンビニで買った贈答用の煎餅《せんべい》の包みを抱えていた。他に開いている店がなかったのだ。

「旭」もまだ閉まっていた。ギャラリーと呼ぶには相当に無理のある、ちっぽけな文房具店をそのまま流用した古ぼけた建物だった。所番地から町外れだとわかっていた。ひょっとして職住一体なのではないかと思い、この早い時間に訪ねたのだが当てが外れた。住まいは別の場所にあるとみえる。

入口のガラス扉には斜めにひびが入っていた。鼻が触れるほど顔を近づけると中の様子が窺えた。壁にパネル写真が幾つも掛かっている。虹と雲の写真だと知っているからそう見える。片付けは今日行うつもりなのだろう。

高梨は荒い息を吐いた。

「旭」が開くのは九時か。十時か。

須貝清志のほうもつかまらない。その名は電話帳になかった。記事を書いた記者に電話を入れて連絡先を聞き出すことも考えたが、掲載ミスの間抜けさを自ら宣伝するようで気持ちが引いた。

整理部デスクの蒲地への報告もまだだった。どうにか上に知られず内々で事を済ませられないものか。高梨は自分の往生際の悪さに呆《あき》れてもいた。

いったん社に上がってみよう。高梨は小さな決意をして車に乗り込んだ。須貝か経営者が県民新報をとっていれば、既に自宅から抗議の電話を掛けているかもしれなかった。

知らずにアクセルを強く踏み込んでいた。九時前には本社ビルに着いた。エレベーターで五階に上がり、廊下を歩きだした時にはもう騒ぎが耳に飛び込んできた。

編集局に入った途端、既視感を覚えた。ゆうべ寝床で見た光景が広がっていた。電話のベルが重なり合って鳴り響いている。泊まり番の記者や編集庶務の人間が青い顔で応対している。そればかりか、こんな早い時間に局長や次長といった局幹部まで出社してきているではないか。

高梨はその場に立ち尽くした。足がすくんでいた。

すぐ近くの机の電話が鳴り出した。庶務の人間がこっちを見た。険しい目だった。

慌てて高梨は受話器に手を伸ばした。

〈おい、新報は小田切の回し者なのか!〉

男の息荒い怒鳴り声が耳をつんざいた。

小田切……? 回し者……?

高梨は面食らったが、やや遅れて「小田切」の名前が記憶と交差した。

Y市長選の候補者だ。革新系の現職で三期目に挑んでいる。

「えーと、どんなご指摘でしょうか」

時間稼ぎの問い返しをしながら、高梨は空いているほうの手で今朝の朝刊を引き寄せた。市長選の記事は一面の肩——。

〈何でしょうじゃねえんだ馬鹿《ばか》野郎! 増井の経歴が間違ってるだろうが!〉

保守系新人の「増井」。有力な対抗馬だ。

「どこが間違ってるんです?」

〈大間違いだよ。増井はな、昭和三十九年生まれなんだ!〉

高梨は瞬《まばた》きを止めた。記事には「昭和三十年生まれ」と載っている。

候補者の生まれた年を間違えた——。

Y支局の湯沢が書き違えたのか。それともデスクや整理の編集作業の過程で「九」が落ちてしまったか。いずれにせよ、あってはならないことだった。新聞社は選挙報道に異常なほど神経を遣う。対立する候補者を同一紙面で扱う際には、双方の記事の行数をピタリ同じに揃《そろ》え、写真写りの良し悪《あ》しさえ吟味する。熱くなった支持者は押さえがきかない。どれほど些細《ささい》なことでも文句を言ってくる。何より、新聞社がどちらかの候補に肩入れしているなどと疑われたら信頼失墜も甚《はなは》だしい。「偏向新聞」のレッテルを貼《は》られ、経営が傾いた地方紙だって現に存在するのだ。

「申し訳ありませんでした」

高梨は精一杯の謝意を込めて言った。若さをウリに選挙戦を戦っている候補者を、県民新報が一夜にして九つも老《ふ》けさせてしまったのだ。

〈謝って済むかよ！　明日の新聞に訂正を出せ。でっかくだぞ〉

おそらく望みは叶《かな》う。だが、「訂正記事」は新聞にとって最大の恥辱だ。高梨の一存で出す出さないの判断はできない。

「上と話して善処致します。何とぞご容赦を」

高梨が言った時、傍らを蒲地の小柄な体が駆け抜けていった。腰を折り、頭を下げた惨《みじ》めな恰好《かっこう》で局長のデスクに向かっている。呼び出されたのだ。ミスを見落とした責任者の一人として。

電話の男はまだ怒鳴り続けていた。高梨は相槌《あいづち》を打つように謝罪の言葉を繰り返し、だが頭は別のことを考えていた。

涌《わ》き上がる安堵《あんど》の思いがある。選挙報道のミスに比べれば無名カメラマンの一件など吹けば飛ぶような失敗だ。誰かが文句を言ってきたとしても、この騒ぎにかき消され、結果としてお咎《とが》めなしで済むかもしれない。

いや……。恐れがぶり返す。局長以下、大勢の局員が殺気立っているところに、もう一つミスがあったとわかれば火に油を注ぐことになりはしないか。高梨のミスがことさら大きく取り沙汰《ざた》される。挽回《ばんかい》の難しい状況に追い込まれる——。

いずれにせよ、午後一時出勤のはずの高梨が、今ここで苦情対応をしているのは不自然なことには違いなかった。すっかり喉《のど》を嗄《か》らした男の電話にもう一度謝ると、高梨は受話器を置いて局の喧騒《けんそう》からこっそり逃れ出た。

4

高梨が再びギャラリー「旭」に出向いたのは午前十一時近かった。今度は名の通った和菓子屋の包みを手にしていた。

ガラス扉は開放されていた。入口に彫刻を施したアンティークの机が置かれていて、その上に虹の写真を刷り込んだ案内葉書が数枚重ねられていた。『虹と雲が出逢うとき』。外壁に虹のパネル写真が一枚、その横に須貝清志とおぼしき人のバストショットの写真が並べて掛けてある。光明を見た思いがした。今日も個展をやっている。会期が延びたのか。

高梨は期待を胸に建物の中に足を踏み入れた。奥の丸テーブルに顎髭《あごひげ》を生やした中年の男が一人でいて、葉巻をふかしていた。ここの経営者だろうと踏んだ。

「すみません」

高梨は殊勝顔を作って声を掛けた。

「いらっしゃい。どうぞ」

「あ、いえ、実は私――」

高梨が県民新報の人間だとわかると、吉田と名乗ったその男は豪快に笑った。

「いやあ、参ったよ、新報さんには。お蔭《かげ》でもう一日、ここで油を売らなきゃならなくなっちまった」

高梨も笑いに引き込まれた。歓喜が震えとなって全身に伝わっていく。

「やるんですね、今日も？」

「仕方ないもんな、天下の新報さんに開催期間を延ばされちゃったんだから」

「助かります」

思わず本音が溢《あふ》れた。

「あ、これどうぞ。つまらないものですが、お詫びのしるしに」

「悪いなあ。こんなことしてもらって」

「とんでもない。地獄に仏です。本当に助かりました」

心の底から言い、が、ふと心配になって高梨は言葉を継いだ。

「あの、ウチの記事でお客さんが来てしまって、それで仕方なく、ということでしょうか」

「違うの違うの。俺んち新報とってるから、それで決めたわけ。けどさあ――」

吉田はまた笑い始めた。

「十時に開けたんだけど、客は今さっき冴《さ》えないオッサンが一人来ただけ。新報さん、あんまり読まれてないんじゃないの」

こんな時でなかったら軽い落胆を覚えたろう。

「それと吉田さん――」

もう一つ心配事が浮かんでいた。

「須貝清志さんはこのこと……？」

「ああ、知らないと思う。ちょっと連絡が取れなくてさ。昨日は打ち上げでしこたま飲んだから家で爆睡かな」

「気を悪くされますよね、ウチの記事のこと知ったら」

探る思いで言うと、吉田は顔の前で手を振った。

「そんなことないと思うよ。わりとさっぱりした性格だし、却《かえ》って喜ぶんじゃないかな。ゆうべ愚痴ってたんだ。記者さんが取材に来てくれたのにとうとう載らなかったなあ、って」

「すみません」

「ああ、いいってもう。ちょっと遅れたけど載ったんだから」

愉快そうに言って吉田はまた笑った。

須貝清志とは高校時代の同級生なのだという。恰幅《かっぷく》がよく、髭には白いものが多く混じっているので、てっきり五十過ぎだと思っていたが、須貝の同級ならまだ四十三歳ということだ。

一方の須貝は、表に掛かっていた写真を見る限り、年のわりに若々しく、目鼻立ちのはっきりとした二枚目だ。日焼けサロンで焼いたような小麦色の肌に金のネックレス。その出立《いでた》ちといい、カメラ目線の粘っこい目つきといい、かなりのナルシストではないかと想像される。

「須貝さんはどんな方です？」

この後、自宅を訪ねて詫びを入れるつもりだ。大まかなプロフィールぐらいは知っておきたいと思った。吉田が笑い飛ばしてくれたからといって、須貝もそうしてくれるとは限らない。

「写真とおんなじだよ。ボクは虹を追い掛けています、ってさ」

「はい？」

「夢ばっか追い掛けてるってこと。カメラマンって言ったって、十九の時、マイナーな写真雑誌で一度、がんばりま賞みたいの取っただけだからね」

高梨は壁に目をやった。二十枚ほどのパネルには虹と雲が様々な取り合わせとアングルで写し込まれている。いつどこに現れるとも知れぬ虹をカメラに収めるのは大変な苦労に違いない。だが、「これは」と目を引くような写真は確かに見当たらなかった。素人《しろうと》の域を出ない。一言で評するならそういうことになってしまうのだろう。

高梨は吉田に顔を戻した。

「じゃあ、写真のほかに仕事を？」

「そうなんだけどさ──」

須貝は四十を過ぎた今もフリーターをしている。金が少し貯《た》まると、ふらりと写真を撮りに出掛ける。死んだ両親から引き継いだボロ家で独り暮らし。三度結婚し、いずれも離婚。それでも須貝のファンと称する女が常に片手ほどはいて、虹のパネル写真も結構売れるのだという。

「べら棒にモテるけど、女とは暮らせない男の決定版さ」

吉田は一際《ひときわ》大きな笑い声を響かせた。

須貝の家に謝罪に行きたい。高梨がそう切り出すと、吉田は表にあったのと同じ案内葉書を差し出した。「スタジオ」と記されている住所が自宅の所在地だった。家の電話は料金不払いでとめられている、携帯が唯一《ゆいいつ》の連絡手段だと吉田が言うので、その場で掛けてみたが繋《つな》がらない。何度かリダイヤルしたが結果は同じだった。

丁重に礼を述べ、高梨は「旭」を辞した。

何はともあれ須貝の自宅へ向かった。車で十五分弱の距離だった。神社にほど近い少々寂しげな裏筋に、吉田の説明と重なる古めかしい木造の二階家を見つけた。門扉《もんぴ》はなく、道路から数歩で玄関前に立った。ローマ字の表札で須貝の家だと確認できた。一度はリフォームのようなことをしたらしい。玄関の扉だけが洋風でやや新しく、屋内に向けて差し入れるタイプの郵便受けに新聞の頭が覗《のぞ》いていた。県民新報だった。電話はとめられても新聞はとる。社の幹部が聞いたら手を叩《たた》いて喜びそうな話だ。

呼び鈴を押したが応答はなかった。

もう一度押して高梨は耳を澄ませた。呼び鈴を固定するネジが外れてコードが剝《む》き出しになっていたが、それでもちゃんと屋内で鳴っていることは確かめられた。いないのか。それともまだ寝ているのか。

高梨は呼び鈴に伸ばした指をとめた。ゆうべは相当に飲んだと吉田は言っていた。無理に起こして怒らせてしまっては元も子もない。だが、このまま帰るのはまずい。郵便受けには県民新報が突っ込まれているのだ。寝覚めに記事を目にして、そのまま本社に電話を掛けられたらすべてがパーだ。

高梨は携帯を取り出し、須貝の携帯を呼んでみた。やはり繋がらない。電源を切っているか、あるいは電波の届かない場所にいるのか……。

道路に面したサッシ窓には暗色のカーテンが引かれていて屋内の様子は窺《うかが》い知れない。高梨は辺りを見回した。軒下に原付バイクがある。これが須貝の生活の足だとするなら、やはりまだ眠っているということだ。

いや……。昨夜飲んだあと、ここに帰ったとは限らない。「片手」のうちの一人とホテルにしけこんだ。そんな想像も浮かび上がってくる。

高梨は腕時計に目を落とした。零時二十分。そろそろ出社せねばならない。メモを残そうと思い立ち、高梨はポケットを探った。ペンは胸にあったが、メモ帳を持ち歩く習慣はなくしていた。名刺もそうだ。日頃、外部の人と会うことがないので、箱のフタも開けぬまま社の机の引き出しの中で眠っている。財布に記者時代の名刺を一枚挟んであることを思い出した。未練たらしいと思いつつ、いざという時に役立つかもしれないと捨てずにいた。その名刺の裏にペンを走らせた。

『大変ご迷惑をお掛けして申し訳ございませんでした。お叱《しか》りは私が受けます。直接ご連絡下さいませ』

記者クラブの電話番号を横線で消し、本社の代表番号の脇《わき》に整理部の内線番号を書き添えた。

高梨は一計を案じた。郵便受けの県民新報を抜き取り、地域版のページを開いてそこに名刺を挟み、丁寧に畳み直して郵便受けに戻した。

よし。

完璧《かんぺき》に思えた。

仮にもし、外泊してここにいないのだとしても、須貝が記事の一件を知るのは自宅か「旭」である可能性が相当に高い。その両方に手を打った。

高梨は車を発進させた。

自然と頬が緩む。本社はあの騒ぎだ、地域版の見出しのミスなど気づく局員がいるとも思えない。社内でこの件を知っているのは自分と……あとはそう、手塚理絵だけだ。

ククッ。三日月形の細い目が浮かび、代わりに高梨の笑みは引いた。

5

編集局の空気は重たかった。

抗議の電話はまだ続いていた。デスクや編集庶務が応対したのでは仕事にならないので、対策要員として外勤から五人の記者が呼び上げられていた。各セクションの一年生記者ばかりだが、その中にY支局の湯沢の真っ赤な顔もあった。

「結局、奴《やつ》が書き間違えたんだとよ」

隣の串木が小声で言った。

ミスをした張本人だから、局の中央で「晒《さら》し首」にされている。高梨はコメントを避け、割付指定用紙を机に広げた。今日一日は息を殺してひっそりと過ごす。そう決めていた。

向かいの席に手塚理絵の姿はなかった。今日は二時出勤だったか。思った時、耳に熱い息が吹き込まれた。

「まだバレてないみたいですね」

その不意打ちに高梨は凍りついた。ニマッとした理絵の顔が至近にあった。それは一瞬のことで、理絵はくるりと背を向け、長い髪を揺らしながらデスク席に向かった。

今日組みの原稿を受け取りに行くのだ。

気掛かりは早めに取り除いておきたいと思った。

理絵が戻ってくるタイミングを見計らって高梨は席を立った。デスクのシマと整理部のシマの中間辺りで声を掛けた。

「ちょっといいか」

「何です？」

「いいから」

高梨が局を出ると、理絵は少し間隔をとってついてきた。一階の自動販売機コーナーに誘った。並んで椅子《いす》に腰掛けた。

理絵は真顔だった。怒っているようにも見える。

「すまんな」

「何がです？」

声も硬い。

ミスのことは黙っていてくれ。そうストレートに言ってしまっては理絵を喜ばせるだけだと思った。

高梨は無理に笑顔を作った。

「なんか食いたいものあるか」

「えっ？」

「何でもいいぞ。高いレストランでも」

「………」

「どうした？　好きなモノ言ってみな」

理絵はそっぽを向いた。瞑《つぶ》って、そして開いた目がうっすら濡《ぬ》れていた。

高梨は驚愕《きょうがく》した。

「ど、どうしたんだ？」

差し出した高梨の手を弾《はじ》くようにして理絵が立ち上がった。そのまま駆け出し、階段を上がっていった。慌《あわ》てて後を追ったが、理絵は猛然と走って女性用トイレに消えた。

どうすることもできず、高梨は席に戻った。

串木が笑った目で囁《ささや》いた。

「痴話喧嘩《ちわげんか》はよせよ」

「えっ？」

「職場不倫は御法度《ごはっと》だぜ」

「馬鹿《ばか》、何言ってるんだお前」

「馬鹿はお前だろうが。手塚の奴、お前に気があるんだよ。なんだかんだと憎まれ口を言っちゃあ、お前にまとわりついてるだろうが」

考えたこともなかった。あの手塚理絵に限って。

私、誰にも話していませんから――。

ゆうべの電話の声が思い返された。

理絵は誰にも話す気などなかった。なのに高梨は口止めをしようとした。いや、食い物で買収してしまおうとしたのだ。

理絵は三十分ほどして席に戻った。

真一文字に口を閉じ、一度として顔を上げない。

背筋がぞくりとした。

理絵の性格が激しいことは局内の誰もが認めるところだ。もし串木の言ったことが本当なのだとしたら、理絵の好意を最悪の形で踏みにじった高梨に対して、次にどんな行動に出てくるか予測がつかなかった。

バラされる……？

高梨は落ち着かなかった。紙面に没頭しようと心掛けたが、理絵は真向かいの席にいるわけだから嫌でも視界に入る。

午後五時になっても、七時を過ぎても、理絵は口をきかなかった。女として理絵を意識したことはない。それだけに得体が知れない。能面のごとき無表情で編集機に向かう彼女の存在は危険極まりない爆弾以外の何物でもなかった。

締切が頭にちらつき始めた八時少し前だった。目の前の電話が鳴り、高梨は舌打ちして受話器を上げた。製版からの催促に応じる頭になっていた。

〈須貝だけど〉

一瞬わからなかった。理絵の様子に気を取られ、ところてん式に他の不安は頭から追い出されていた。

〈名刺を見て電話してるんだ。あんたが高梨さんか〉

あっ、と声が出た。虹の須貝清志――。

「そ、そうです。私が高梨です」

〈随分なことしてくれたじゃないか〉

険の籠《こ》もった声だった。

高梨は送話口を手で覆《おお》った。声を殺す。

「仰《おっしゃ》る通りです。まったくお詫《わ》びの言葉もありません」

〈いや、ちゃんと詫びてもらうよ〉

その台詞《せりふ》は高梨の鼓動を速めた。

「どうすれば……？」

〈訂正出してよ、明日の新聞に〉

脳がぐらりと揺れた。

「いや、それはちょっと……」

〈出さない気かよ？〉

「そうではなくて、出しようがないと言うか……。個展は終わってしまったわけですし」

〈そんなの関係ないだろ。間違えたんだからちゃんと出せよ〉

高梨は返答に窮した。

わりとさっぱりした性格だし、却《かえ》って喜ぶんじゃないかな。「旭」の吉田の読みはまるっきり外れたということだ。

「ご自宅にお詫びに上がります。九時過ぎには体が空きますので」

〈来なくていいよ！　それよりあんた、なんでそんな小さな声で喋《しゃべ》ってるわけ？〉

痛いところを突かれた。

「すみません……。ちょっと仕事場なものですから……」

〈あんた、どういう人？〉

「えっ……？」

〈あるんだろ？　課長とか係長とか〉

「あ、ええ。あります。そういう呼び方はしませんが、一応、係長待遇です」

〈だったらもっと上の人だしてよ〉

また脳が揺れた。

「どうかご容赦を。私が担当ですので」

皆がこちらを見ていることに気づき、高梨は背中を丸めた。

「とにかく、そちらにお伺いしますので」

〈いいって言ってんだろ！　早く上の人間だせよ。ださないんなら、こっちから押しかけて行くからな〉

万事休す。高梨は目を閉じた。

ミスが発覚する。それを隠そうと画策したことも、だ。

高梨は目を開き、整理部デスクを見た。俯《うつむ》いた蒲地の顔があった。疲労の色が濃い。

選挙のミスで局幹部に相当やられた――。

その蒲地に声を掛け、電話を回した。指がブルブル震えた。

二人の通話はどれぐらいだったろう。高梨には果てもなく長い時間に思えた。

「高梨！」

蒲地が受話器を置いて立ち上がった。鬼の形相だった。

「この野郎、ふざけたことしやがって！」

高梨も立った。

「すみませんでした……」

「今すぐ行け！　行って訂正だけは勘弁して下さいと土下座してこい！」

「し、しかし……紙面がまだ」

「てめえの下手くそな整理なんぞどうだっていい！　手塚にお願いしていけ。百倍はいい紙面作ってくれらあ——早く行け！」

高梨はもつれる足で机を離れた。理絵の顔は見なかった。ほくそ笑んだ顔。心配そうな顔。どちらであっても見たくなかった。

夜の県道を車で飛ばした。

三十分掛からずに須貝の自宅に着いた。

二階家のどの窓にも灯《あかり》はなかった。郵便受けの県民新報は消えていた。何度呼び鈴を押しても応答がなかった。

軒下の原付バイクは同じ場所にあったが、家の中に人のいる気配は感じられなかった。歩きで飲みに出掛けた。誰かが車で迎えに来た。そういうことなのかもしれなかった。

拳《こぶし》でドアを叩《たた》いた。

力任せに何度も叩いた。

二階家は静まり返っていた。

携帯の応答もない。高梨は夜まで待った。朝刊の締切時間まで粘った。それでも須貝は帰ってこなかった。

翌朝。県民新報の朝刊には二つの訂正記事が掲載された。だが――。

事はそれだけでは終わらなかった。

6

十日後だった。

自称フォトグラファー、須貝清志が自宅居間で死体で発見された。

その事実を高梨が知ったのは、昼前に二人の刑事が家に現れたからだった。所轄《しょかつ》署に任意同行を求められ、丸一日、取り調べを受けた。須貝宅の居間のテーブルの上に高梨の名刺があった。洗いざらい経緯を喋ったが、刑事の顔はまだ聞き足りないといったふうだった。

取り調べから解放されたのは午後八時過ぎだった。署庁舎の裏手で警察担当キャップの久保木《くぼき》が待っていた。

「おい、俺は容疑者なのか」

車の助手席に乗り込むなり、高梨は憤怒《ふんぬ》をぶちまけた。頭が混乱していた。須貝の死に驚く暇も与えられず、八時間以上も固いパイプ椅子に拘束され続けていたのだ。

「ただの参考人だと言ってます。他社には漏らさないよう一課と広報に釘《くぎ》を刺しておきました」

抜からぬ顔で言いながら久保木は車を出した。高梨の三つ下。スポーツ担当の頃、一緒に仕事をした。

「解剖は終わったんだろ？　須貝は一体いつ殺されたんだ？　どうやってだ？」

取調室で何十回となく刑事にぶつけた質問だった。

「死亡推定は死後一週間から十日です。胃の内容物はありません。最後の食事からかなり時間が経《た》ってたようです。殺害手口は扼殺《やくさつ》。両手で正面から絞めてます」

久保木の持ち前の冷静さは、しかし高梨の興奮を鎮《しず》めてはくれなかった。

「十日前って、俺が須貝の家に行った日ってことか？　だから疑ってやがるのか？　俺は奴《やつ》に会ってないんだぞ。奴はいなかった。いたかもしれないが出てこなかったんだ。畜生め！」

「ただの参考人だと言ってます」

「俺は正直に全部話したんだ。そうしたらデカのやつ——山瀬とか言った。お前、知ってるか？」

「いえ、知りません」

「マル害とトラブってたんですね、って言いやがった。確かにそうだ。だが訂正を出すの出さないので人を殺したりするか？　するわけねえだろうが」

「ただの参考人だと言ってます」

「ホシの目星はついてるのか」

「女を何人も呼んでいます」

「そうだろう。なんせ常に片手の数は――ああ、その十字路を右だ」

高梨が指示したが、久保木は右折せずに車を直進させた。

「いったん社に上がるよう言われてます」

「俺もか？」

「ええ」

「何でだ？」

一刻も早く家に帰り、ゆっくり風呂《ふろ》につかりたかった。

「高梨さんと合作で原稿を書けと言われてます」

原稿…？

高梨は久保木の横顔を見た。

「それ、どういう意味だよ？」

久保木は前を見たまま言った。

「警察が発表してないので他社は知らないわけです。高梨さんがあの晩、須貝清志と電話で話をしたこと。つまりはウチだけ打てますよね。『二十六日午後八時まで生存』とか『八時以降に殺害』とか」

冷水を浴びせられた気がした。

あの日から十日間、仕事場は針の筵《むしろ》だった。ミスをしたうえ、そのミスを隠蔽《いんぺい》しようとしたことまで局内に知れ渡った。それは仕方ない。身から出た錆《さび》だ。だが蒲地の言葉がどうにも耳から離れない。皆の前で、はっきりと言われたのだ。社歴十六年の高梨をつかまえて、入社二年目の手塚理絵より能力が劣ると切って捨てた。

立つ瀬がない。社を辞めることも真剣に考えた。そんな高梨の内面を上の連中も察しているはずだ。なのに高梨が犯したミスの「副産物」が特ダネになるとわかったら、八時間も警察の調べを受けた直後に社に上がってこいと命じる。

「すみません」

唐突に久保木が言った。

「えっ……？」

「ひどいと思います、俺も」

不意に体の力が抜けた。虚脱感が、怒りを呑《の》み込んでいく。

そうとも。記者でも整理マンでもない。会社員なのだ。

もう本社ビルの灯が近かった。

高梨は一つ溜《た》め息《いき》をつき、言った。

「久保木――やろうや。協力してくれ」

7

二人で六階の宿直室に籠もった。

「事件発覚は？」

高梨はノートを開きながら言った。久保木がメモ帳を捲《めく》る。

「死体は朝方、女が見つけました」

「女？」

「ええ。石野智恵子という女です。携帯から匿名《とくめい》で一一〇番したあと自宅に戻っていましたが、非通知にしていなかったのですぐに身元がバレました。須貝とは不倫関係で合鍵《あいかぎ》を持っていたそうです」

「だったらその女がホシだろう」

「正面から扼殺ですからね。女じゃ難しいでしょう」

「だったらそのダンナだ」

「アリバイがあります。夫は二十六日の夕方から四日間、出張で札幌でした」

「だったら誰だ？」

「今の段階では皆目わかりません」

「盗《と》られた物は？」

「物色の形跡はありません。ただ須貝の携帯が見当たらないそうです」

「犯人が持ち去ったってことか」

「それはわかりません」

メモを取り、高梨は顔を上げた。

「死亡推定から考えれば、犯行があったのは、俺が須貝と電話で話した後から二十九日までの間ってことだよな？」

久保木は首を傾《かし》げた。

「電話を切ってから翌朝まで、ってことだと思いますが」

「なぜそう言える？」

「二十六日の新報は居間にあって、例の……」

久保木が口ごもったので、高梨が話を引き取った。

「奴の個展記事が載った地域版が開いてあったんだろ？」

「ええ。それに挟んだ高梨さんの名刺も居間のテーブルの上で見つかりました。です が、二十七日以降の新報は玄関の内側にみんな落ちていたらしいんです」

「郵便受けから取らなかった、ってことだな」

「取れなかった、ということでしょう」

「既に殺されていた」

「ええ。それにひょっとすると……」

久保木は思案顔になった。

「何だ？」

「電話の後、高梨さん、須貝の家に行ったんでしたよね？」

「ああ、行った」

「家は真っ暗で、呼び鈴を押しても応答がなかった」

「そうだ」

答えながら高梨は背筋に冷たいものを感じた。

久保木はこう言っている。須貝は午後八時に県民新報へ電話したあと、高梨が須貝の自宅に着くまでの間に殺された——。

ふっと違和感を覚えた。あの日、仮刷りを見た時の感覚に似ていた。

久保木が引き戻した。

「須貝の家に着いたのは何時頃でした？」

「三十分弱で行った。九時にはなってなかったと思う」

「三十分……。やれますよね」

「十分やれるな」

「じゃあ、俺——」

久保木が突然立ち上がった。

「どこ行くんだ？」

「夜廻りです。石野智恵子の調べがどうなったか気になるんで」

「原稿は？」

「お願いします。書いといて下さい」

実際に字にした人間がスクープの主《あるじ》になる。高梨の汚名返上に繋《つな》がれば——。久保木の心遣いなのかもしれなかった。

宿直室は静まり返った。

事件概要のコピーとノートパソコンを久保木が置いていった。

高梨はパソコンに向かった。事件原稿を書くのは何年ぶりだろうか。

特ダネなのに胸は躍らない。思いがけず手こずり、それでも半分ほどを書き上げた時だった。部屋のドアが開き、手塚理絵の硬い顔が覗《のぞ》いた。コーヒーカップをのせたトレイを手にしている。

「飲みますか」

「ああ」

十日ぶりに交わした会話だった。

ドアを出掛かったところで理絵が振り向いた。

「このあいだはすみませんでした。ちょっと自覚しました。私、相当嫌な女だと思われてるんだなぁ、って」

三日月形の目が歪《ゆが》んでいて、笑っているようには見えない。

「書いてるの、似合いますよ。高梨さんって、やっぱり外の人なんですね」

すぐには言葉が頭に入ってこなかった。

高梨はしばらく夢中でキーを叩《たた》いた。原稿を書き上げ、読み直し、そして内線電話の受話器をとった。理絵の机の内線番号をプッシュする。

〈はい、整理部です〉

「高梨だけど、さっきはコーヒーありがとう」

早口で言うと、電話の向こうが一瞬沈黙した。

〈えっと、金井ですけど、手塚さんは今ちょっと席外してますよ〉

赤面して電話を切った。その直後だった。

高梨は不安を覚えた。脅《おび》えにも似ていた。しばらくはその理由がわからなかった。

あ……。

戦慄《せんりつ》はまず全身を強張《こわば》らせた。次いで戦慄の原因が言語化されて脳内を駆け巡った。

あの抗議の電話は本当に須貝清志からのものだったのか？

高梨は目を見開いた。

わりとさっぱりした性格だし、却《かえ》って喜ぶんじゃないかな。「旭」の吉田の読みは外れた。あの時はそう思った。だがもし、電話の主が別人だったとしたら。

二十六日夜、呼び鈴に須貝の応答はなかった。久保木が口にしたように既に死んでいたからだろう。だが、昼間も同じだったのだ。「旭」から須貝の自宅に行った。その時も須貝の応答はなく、家は静まり返っていた。

既に死んでいたから……。

高梨は呟《つぶや》き、引きずり込まれるように深い思考に落ちた。

8

一つのストーリーが組み上がったのは三十分ほどしてからだった。

高梨は久保木の携帯を呼んだ。

〈何です？〉

「石野智恵子のダンナ、二十六日の昼時のアリバイはあるのか」

〈あるのはその日の夕方からです〉

「ちょっと戻ってきてくれ」

高梨は電話を切り、煙草《たばこ》に火を点《つ》けた。

確信した。自分はこの事件のアリバイづくりに利用されたのだ。

おそらく真相はこうだった――。

夫は智恵子の不倫を疑っていた。だが相手が誰だかわからなかった。須貝清志がそうだと教えたのが、あの日の個展の記事だった。虹と雲。「旭」の吉田はファンの女たちが須貝のパネル写真を買うと言っていた。おそらく智恵子も持っていた。夫はそれを目にしていた。だから記事の写真を見てピンときたのだ。

夫は「旭」に行った。あの日たった一人現れた客、「冴《さ》えないオッサン」がそうだった。案内葉書で住所を知り、須貝の自宅に押しかけた。妻との関係を詰問《きつもん》した。二人は口論になり、そして居間で事件は起こった。最初から殺すつもりで乗り込んだわけではない。刃物も紐《ひも》類も所持していなかったので殺しの手口は扼殺《やくさつ》になった。そういうことではなかったか。

殺人を犯した夫は途方に暮れたろう。昼時に高梨が訪ねた時はまだ家の中にいたのだ。息を殺し、柱の陰から呼び鈴が鳴り響く玄関を見つめていた。郵便受けの新聞が一度抜かれ、戻されるのを目にした。高梨が諦《あきら》めて帰ったあと、恐る恐る新聞を開き、謝罪の言葉がメモ書きされた名刺を見つけた。県民新報のミスは吉田から聞かされていた。アリバイ作りに利用できる。夫はそう考えたのだ。

その夜、出張先の札幌から県民新報に電話を入れた。「生きている須貝」をより印象づけるため、高梨だけでなく蒲地にも電話を代わらせた。駄目押しに「訂正記事」

を要求した。抗議電話があった確かな証拠。そんなことを意図したのだろう。

高梨は顔を上げた。

廊下を走る靴音が近づいていた。

久保木に字にさせる。

外の人……。

自分の手柄にしたいという思いは涌《わ》き上がってこなかった。代わりに見出しが一本浮かんでいた。

《妻の不倫に気付き凶行》

舌打ちが出た。

味も素っ気も技もない。また手塚理絵に馬鹿《ばか》にされるだろう。目の前のコーヒーカップを見つめ、高梨は苦笑した。

秘書課の男

I

午前九時半を回っていた。

物音がしたが、ドアが開いた音ではなかった。知事室の「在室」と「来客中」のランプは点《つ》いたままだ。

倉内忠信《くらうちただのぶ》は手元に目を戻し、デスクの上に広げた投書のチェックを続けた。書類の決裁と並ぶ朝一番の仕事だ。

知事宛《あて》に届いた投書は、ここ知事公室秘書課で篩《ふるい》に掛けられる。昨日のうちに広報公聴係の職員が絞り込んだ投書の中から、参事兼課長である倉内が知事に読ませたいものを数点選びだす。県知事は行政の長であると同時に政治家でもあるから、有権者のひと言がその日一日のビタミン剤にもなるし、胃酸を多く出させる異物にもなりうる。

《子供たちのために、昆虫の森公園を早期に実現して下さい》
これはいい。「オヤジ」が喜ぶ。
『昆虫の森公園』の建設計画には、この春の当初予算で調査費がついた。実現に向けて始動した計画が県民に後押しされているという話は、予算の執行者を元気づかせる。
《片山地区の路線バス存続を強く望みます》
かわいそうだがボツだ。
農村部の乗合バス事業の累積《るいせき》赤字は泥沼状態にある。どれほど補助金を注《つ》ぎ込んで路線を維持してみたところで、乗るのは移動手段を持たない少数の老人に限られる。インフラ整備を公約に掲げているオヤジにとっては耳に痛い話だし、ひどく情に脆《もろ》いので、この手の陳情に心を痛める。いずれにせよ、さあこれから動きだそうという一日の始まりに聞かせる話ではない。
《県庁の公用車はすべて電気自動車にするべきだ。すぐには無理なら少なくとも低公害車に切り換えるべきだと思う》
倉内は小さく頷《うなず》いた。これが今朝のベスト投書だろう。タイムリーだ。オヤジはこうした前向きな提言を好むし、公用車の切り換え問題は各部局との連絡調整会議の席上でもしばしば議題に上っている。

「課長――」

声とともに硬いヒールの音がして、眉《まゆ》を顰《ひそ》めた蓮根《はすね》佐和子《さわこ》が寄ってきた。倉内と同じ五十二歳。嘱託秘書として七年前から知事のスケジュール管理をしている。元は県立女子大学で郷土史を教えていた非常勤講師で、初当選後の新聞鼎談《ていだん》が縁でオヤジにスカウトされた。

「中、まだ時間が掛かりそうですか」

声に微《かす》かな苛立《いらだ》ちを込め、佐和子は知事室のドアを小さく指さした。九時五十分。知事が出席予定の環境衛生同業組合の年次総会が十時半開会なので時間が気になり始めている。

「もう出ると思うけどな……」

倉内は曖昧《あいまい》に言った。「ちょっとお邪魔するよ」と赤石県議が入室して三十分になる。来年は県知事選の年だ。三期目に挑む腹を固めたオヤジにとって、県議会最大会派である「誠心会」のボスとの密談は欠かせない。誠心会と拮抗《きっこう》する第二会派の「一新会」が、有力な対抗馬を物色中との情報が県下を駆け巡っているからだ。

「衛生組合の後はどうなってる？」

「医師会長の真田《さなだ》さんと昼食――一時半に百キロウォークの号砲――」

佐和子は手にした手帳を捲《めく》るでもなく知事日程を諳《そらん》じた。二時半、県民音楽ホールの起工式。三時、公安委員の任命式。四時、国際交流協会職員の壮行会。五時、特産品試食会――。

予定は午後八時過ぎまでびっしり入っていた。公職の肩書は百近いし、知事出席という「形式」を欲する団体は引きも切らないので、オヤジには土日も祭日もない。

「真田さんとの昼食は誰が付くの？」

「桂木《かつらぎ》君です」

佐和子の答えに胸がざわっとした。

倉内は部屋の奥に一瞥《いちべつ》をくれた。十人ほどの秘書課スタッフの向こう、洒落《しゃれ》たブラックのスーツに身を包んだ桂木敏一《としかず》がにこやかに電話応対をしている。政策調査担当。ボストン大卒。三十五歳――。

倉内は佐和子に顔を戻した。

「食べたらすぐ胃薬を出すのを忘れないように言っておいて。相当荒れてるみたいだから」

「わかってます」

「人間ドックの予定はどうなった？」

「いいって仰《おっしゃ》るんです、知事」

「うん。僕からまた言ってみるよ。予定は組めそう？」

「ええ、来月の十日か二十一日でしたら。泊まりは無理ですけど」

「病院のほう押さえちゃおう、十日を」

「わかりました」

倉内は首を伸ばした。佐和子の肩ごしに見知った顔が見えたからだった。グレーの作業衣姿。『マキノ電子』の社長、牧野昭夫――。

「どうしました？」

倉内のほうから声を掛けた。白髪を振り乱した牧野の様子にただならぬ気配を感じたからだった。

「知事と会いたいんだ」

牧野は両手を倉内のデスクについて言った。目がつり上がり、肩で息をしている。

「何かお困りでしたら私が伺います」

倉内は日に何度も口にする台詞《せりふ》を言って席を立った。顔と手で別室への入室を促す。

「いや、わしは四方田《よもた》知事に――」

「まあ、どうぞこちらへ」

秘書課が「関所」であることは言うまでもない。倉内は枯れ木のような牧野の腕をやんわりと摑《つか》み、空いた左手で別室のドアを押し開いた。よろけて部屋に足を踏み入れた牧野は、急に生気をなくしてストンとソファに腰を落とした。

「社長、どうしました？」

邪険にはできない。商工労働部の在籍が長かった倉内だが、牧野の顔と名前が一致したのは三年前の知事選の時だった。オヤジの熱烈な支持者で、百七十人の従業員とその家族全員に「四方田春夫」の名を書かせた。

「どうもこうもないわ」

牧野は尖《とが》った声で言った。

「倉内さん、ウチが三年前に台湾に出たのは知ってるよな」

「ええ」

「そいつがとんでもないことになっちまった。騙《だま》されたんだ」

「騙された？　誰にです？」

「決まってるじゃないか。七海《しちかい》だ。七海エレクトロニクスにだよ、チクショウめ」

オヤジには会わせられない。倉内の腹は即座に固まった。『七海エレクトロニクス』はN県の中核企業であり、オヤジの選挙母体の支柱の一つでもある。従業員数三万人。

その大票田に牧野は喧嘩《けんか》を売ろうとしている。

「会わせてくれよ、知事に」

「今日は日程が一杯なんです」

「ちょっとでいいんだ」

「無理なんです。すみません」

「じゃあ、あんたから伝えてくれ」

牧野は節くれ立った指を組んで身を乗り出した。

「製品には自信を持ってるさ。わしんとこで組み立ててる液晶モジュールは世界一だ。けどよ、所詮《しょせん》はしがない下請けだ。七海のＬＣＤ部門が海外に出るって噂《うわさ》を聞いた時は震えたよ。仕事を切られると思ってさ。だから七海から海外進出企業の候補のコンペに参加しないかと誘われて飛びついたんだ。銀行と信金に四億借りて台湾に出たさ。七海は全面支援を約束していた。採算ベースに乗るまでの立ち上がり期間は、ちゃんとコストの面倒はみるって言ってたんだ。ところがどうだ、ウチが直接購入した部品代さえ払おうとしねえ。いくら頭を下げても拝んでも連中ときたら——」

「ちょっと待って下さい」

倉内は話を遮《さえぎ》った。牧野の唇の端は蟹《かに》のように泡を吹いていた。

「牧野さん、お怒りはよくわかりました。ですが、元請けとのトラブルを県に持ち込まれても困ります。それは双方で話し合うことでしょう？」

「双方で？　倉内さん、あんたなんにもわかっちゃないな。話し合える関係なら来やしないさ。奴《やつ》らは鬼だ。鬼とまともな話ができるか？　知事から七海の相澤《あいざわ》の野郎に言ってほしいんだ。下請けを苛《いじ》めるな。大切に育ててやれって。知事に言われりゃ奴だって――」

牧野は舌打ちして作業衣のポケットに手を突っ込んだ。携帯が鳴っていた。

話し出すなり皺《しわ》深い顔が歪《ゆが》んだ。資金繰りの話。倉内はそう直感した。

不意に真っ白い便箋《びんせん》が網膜を覆《おお》った。

たった五文字の遺書。ありがとう――。

あの男は首を吊《つ》って果てた。資金繰りに失敗したばかりに。

牧野が立ち上がる気配で我に返った。また来るから。放心したような声を残して瘦《や》せこけた背中が部屋を飛び出していった。

倉内も別室を出た。課長席に戻ると、知事室のドアの近くに立っていた佐和子が「なんでした？」と声を掛けてきた。本気で尋ねているふうはない。神経質そうな細い目は「来客中」のランプと腕時計を行き来している。

と、佐和子の念が通じたかのように突然知事室のドアが開いた。課内に緊張が走る。赤石県議が背広を肩に悠然と退室した。その背後に四方田知事の脂《あぶら》ぎった顔が覗《のぞ》いた。タクシーをつかまえるときのように手を上げている。

「ちょっと来てくれ」

倉内は立ち上がった。が、目は合わなかった。四方田の視線は倉内を通り越して部屋の奥に向いていた。

「すぐに参ります」

桂木の裏声がした。靴音とともに細身のスーツが倉内の前を横切り、知事室に向かった。

佐和子が早口で告げた。

「知事、そろそろ出られませんと、衛生組合の総会に間に合いません」

「事務連絡だ。三分で済む」

四方田は煩《うるさ》そうに言った。桂木を招じ入れ、ドアを閉めかけた。

たまらず倉内は言った。

「事務連絡なら私も――」

「お前はいい」

拒絶の声と同時にドアが閉まった。

その短いやり取りは、佐和子を除けば誰も聞き取れなかったようだった。部屋の緊張は解け、若い課員は小声でお喋《しゃべ》りを始めた。

お前はいい……？

倉内は椅子《いす》に腰を下ろし、手元の投書に目を落とした。顔の強張《こわば》りを周囲に気取《けど》られぬよう、しばらくの間そうしていた。

2

県庁舎の地下食堂は混み合っていた。

倉内はAランチのプレートを手に空席を探した。多くの職員の視線がこちらに注がれる。知事の「影」を見る目だ。瞳《ひとみ》に微かな脅《おび》えを覗かせる者。愛想笑いを浮かべる者。周囲を憚《はばか》ることなくヘコヘコと頭を下げる者や慌《あわ》てて席を譲ろうとする者までいる。

食は進まなかった。

オヤジを怒らせた？　疑問符付きで思考を巡らせていられる時間はそう長くはなか

った。倉内の入室を拒んだオヤジの目はひどく冷たかった。初めてではない。一昨日《おととい》も同じようなことがあったのだ。出先から戻ったオヤジに声を掛けたが無視された。その前日には普通に仕事やプロ野球の話をしていたから、面食らいはしたものの、外で何かあって機嫌が悪いのだろうぐらいに考えていた。

だが、拒絶も二度目となれば自分に原因があると考えるほかなかった。オヤジを怒らせた。

いや……。

怒りではなく嫌悪《けんお》。そんな目だった。

オヤジに嫌われたということか。

気持ちが急に痩せ細った。実際そうなのだとして、しかし嫌われた理由は何だ？

「課長、お隣いいですか」

声に顔を向けた。林務部長室の山村総括課長補佐が、ランチのプレートをテーブルに滑らせながらにじり寄ってきた。

「今日は気持ち良く晴れましたね」

「うん……」

「植林祭の知事挨拶《あいさつ》、チェック終わりました？」

「すまない。まだなんだ」

「あ、違います。催促なんかじゃありませんよ。課長のお顔が見えたから——」

山村はひとしきり林務行政の難しさを語ってテーブルを後にした。「できる男」。倉内の口を通してそんな話が知事に伝わるのを期待している。秘書課長の言葉は知事の言葉。そんなふうに考えている職員だって少なくないのだ。

倉内は半分以上残したランチをセルフサービスのカウンターに返却し、湯呑《ゆの》みに茶を注《つ》ぎ足して再びテーブルに戻った。山村を嗤《わら》うことなどできなかった。自分はいま、オヤジが発した「お前はいい」のひと言に竦《すく》み上がっている。

五十二にもなって……。自嘲《じちよう》してみるが、そうしたところで胸に落ちた不安の影が薄らぐものでもない。

小心なのだと思い知る。幼い頃からそうだった。親や教師には従順だった。そのくせどこか目立ちたがり屋のところがあって、小学校時代は耳を真っ赤にして学級委員に立候補したりもした。クラスのリーダーになりたい気持ちは人一倍強かったのに、今にして思えば人望も求心力もなかった。次第に自信をなくしていった。勉強。スポーツ。遊びの才覚。自分より秀《ひい》でた子に出会うと、靡《なび》くようにその下についた。中学、高校と進んでも、何かで「一番」を目指すことはもうなかった。性格の殻を破るような劇的な出来事は何一つ起こらなかったし、思春期を過ぎた頃には、自分は主役ではなく、主役を引き立てる側の人間だと気づいていた。

そんな自分を受け入れられるようになったのは、県庁に入庁してからだった。強い個性は必ずしも歓迎されない、「仕える」ことが至極当然の世界に身を置いてみて、長年抱いていたコンプレックスが薄らいでいった。いや、小心であり、恭順であることは、県庁マン倉内の武器にすらなった。決してエリートコースとは言えない商工労働畑を歩いたが、倉内の出世は他の部局の同期の者より、半歩、一歩と先んじた。実際、倉内にとって「仕える」ことは苦痛ではなく、むしろ喜びを伴うことが多かった。上の信頼を得て、出しゃばることなくその人間の知恵袋に徹する。四十を過ぎた頃には、そんな生き方が自分に最も相応《ふさわ》しいのだろうと思うに至った。

オヤジは倉内のその生き方を買ってくれたということだ。六年前に総務部に引っ張り、その二年後に知事公室秘書課長に抜擢《ばってき》した。室長ポストは慣例でずっと空席のままだから、倉内は事実上、知事直轄《ちょっかつ》部署の長となり、「仕える」ことの醍醐《だいご》味を骨の髄まで味わうことになった。県知事の権力は強大だ。六千七百億円にのぼる予算執行の権限を持ち、N県職員五千八百人の人事を司《つかさど》り、三千件を超える許認可権を掌中に握っている。その直下で働く。自分はトップにはなれないが、知事を補佐することで、トップの人間しか知り得ない苦労と喜びを共有できる——。

この四年間、倉内は夢中で仕えた。どうすればオヤジの仕事をスムーズに進ませられるか。その環境を整えることにすべての神経を集中させてきた。一方で、オヤジをとことん研究した。性格。思考方法。癖。趣味。健康状態。そして、県知事として何を目指し、何を成し遂げようとしているのか。

ウチはすべてが遅れてるんだ。それがオヤジの口癖だった。土建行政と揶揄《やゆ》されようともインフラ整備が急務なのだと吠《ほ》えまくった。道路。鉄道。下水道。学校。病院。公園。社会福祉施設……。とことん分捕ってきてやる。国への予算要望は執拗《しつよう》かつ理詰めで、査定官も「スッポンの四方田」と音を上げるほどだ。先月、六十七歳になった。今は息子に譲ったが、ホテルと百貨店を創業した経歴を持つ民間出身の知事だから、行政を企業経営に見立てるセンスも持っている。自信家でやや傲慢《ごうまん》。黒を白だと言いくるめてしまうようなところもあるが、根は正直で、情に厚く、涙もろい。

そんなオヤジに惚《ほ》れ込んだ。精一杯尽くしてきた。二期目の選挙戦を潜《くぐ》り抜けた同志でもある。オヤジのほうも倉内を信頼してくれている。自分の右腕だと思ってくれている。そう信じて仕えてきた。だが——。

倉内は茶を啜《すす》った。

恋愛にも通ずるような濃密な付き合いをしてきただけに、二度にわたる拒絶は倉内を煩悶《はんもん》させずにはおかない。オヤジに嫌われた。やはりそうなのかもしれなかった。理由はわからないが、オヤジと倉内の関係にひびを生じさせた「因子」の見当はついていた。部屋を出てからずっと、歌舞伎《かぶき》の女形《おやま》を連想させるうりざね顔が頭にちらついて離れない。

桂木敏一である。

若い感覚を持った政策秘書的な人間が欲しい。オヤジがそう言いだし、この春、秘書課スタッフに加わった。人選したのは人事課で「総務部の若きエース」という触れ込みだった。如才のない男だ。もともとがアメリカからの帰国子女で、県立N高校を首席で卒業した後、ボストン大学で政治学を学んだというが、そうした経歴を鼻に掛けるでもない。ソフトな物腰で男にも女にも人気があり、秘書課の空気に溶け込むのも早かった。ただ、実務のほうはと言えば前評判ほどの才は感じられない。多分にマスコミ受けを狙《ねら》って「政策調査担当」なるポストを新設して据えたわけだが、桂木がその肩書に見合った仕事をしているとは言いがたかった。広報公聴係も兼務しているので、日頃はもっぱらそちらの仕事に追われている。だが、そう――。

オヤジが桂木を気に入ったのは確かだ。

初顔合わせの時、桂木は大統領や州知事のメディア露出戦略について語った。日本でもよく知られた内容で目新しい話はなかったのだが、オヤジは初耳だったらしく、以来、テレビ映りや公の席での発言のテンポを気にするようになった。

かぶれたな。倉内は内心、そんな懸念を抱いていた。公務の合間に時間ができると、オヤジは桂木を知事室に呼び込むようになった。それまでは決まって倉内が呼ばれ、ささやかな息抜きである雑談の相手をしていたものだった。

認めたくはないが、胸のもやもやは誤魔化《ごまか》しようもない。桂木に嫉妬《しっと》している。春先からずっとそうだった。もやもやは徐々に膨らみ、身を捩《よじ》るような思いも味わった。五十男の嫉妬。若い部下に対する嫉妬。表には出せない感情なだけに、有毒ガスのごとく裡《うち》に充満して倉内の心を汚し続けている。

桂木から接近したというのとは違う。言うなればオヤジの心変わりだ。だが、どうしても心の刃《やいば》はオヤジではなく桂木に向く。オヤジを悪者にしてしまったのでは秘書課長である自分の身の置き所がなくなってしまうから、こいつさえ異動して来なければと彼の存在を責める。

今日のことにしても、桂木がオヤジに自分の悪口を吹き込んだからではないのかと本気で疑い始めていた。真実そうなのかもしれない。いかにも欲のなさそうな外見とは裏腹に内面はギラギラとしていて、戦略を巡らせてオヤジに取り入った。懐に潜り込んだ確信を得て、いよいよ腹心である倉内の排除に取り掛かった――。ありうる。

倉内は冷めた茶を飲み干した。

だが、オヤジと倉内の間には四年間かけて築いた信頼関係がある。桂木が二つ三つ悪口を耳に入れたからといって簡単に瓦解《がかい》してしまうとも思えない。それにオヤジは同僚の悪口を言う人間を忌《い》み嫌う。同じ組織の中で「刺し合う」ことこそが、組織を弱体化させる元凶だと考えているからだ。

ならば何だ？　オヤジに「お前はいい」と冷たく言わせたものは。

入室していた赤石県議が倉内について何か言ったのか。そんなはずはない。赤石は来年の知事選絡《がら》みでオヤジに話があった。顔にそう書いてあったし、入室の際、倉内に向けた「ちょっと邪魔するよ」の言葉に嫌悪や突き放した響きは微塵《みじん》もなかった。

今日ではない。やはり一昨日《おととい》なのだ。あの時の「無視」が始まりだったと考えるべきなのだ。

倉内は宙に目をやった。

一昨日の月曜日……。倉内は午前中、抜歯のために半日休をとり、昼過ぎに登庁した。オヤジが出先から戻ったのが一時頃だった。お疲れさまでした。倉内はそう声を掛けたが、オヤジは黙したままこちらに顔も向けずに知事室に入った。昨日は一度も顔を合わせていない。オヤジが県北地域の視察に出掛け、終日、県庁を空けていたからだった。

要するにこうだ。日曜出勤した三日前の夕方、知事室でプロ野球の話をした後、明くる日の昼までの間に何かがあった。オヤジが倉内を嫌悪する情報を耳にしたか、入手したか、ということだ。

倉内は眉《まゆ》を寄せた。目を固く閉じた。

何も浮かばなかった。人に後ろ指をさされるようなことはした覚えがない。ならば、ありもしない誹謗《ひぼう》中傷を受けたということか。誰かに恨まれている？　だが、いったい誰に？

「課長——」

声に目を開けると、副知事担当の鈴木秘書の心配そうな顔があった。

「どうされました？」

「いや、何でもない」

「顔色が悪いですよ」

「平気だよ。それより、何？」

「あ、ええ。明日の記者会見資料、机の上に置いておきました。戻られたら目を通して下さい」

「わかった」

「それと、前に頼まれていたルアーの本も一緒に置いておきましたから」

「あ、すまないね。ありがとう」

自分の発した言葉にぎくりとした。

ありがとう――。

五文字の遺書。倉内に宛《あ》てたものだった。

どれほどの皮肉が込められているかわからない「ありがとう」――。

逆恨みと言うしかない。彼を冷たくあしらったわけではなかった。だがもし、あの一件がオヤジの耳に入ったのだとしたら。

倉内は唇を嚙《か》んだ。

忘れてしまいたい出来事を、もう一度心の中で蒸し返さねばならない不幸を呪《のろ》った。

3

倉内は重い足取りで階段を上がった。

知事公室秘書課は庁舎二階の南角だ。そこに向かう廊下には中央部分に赤い絨毯《じゅうたん》が敷かれている。一人の時はそれを避けて隅を歩く。オヤジのための絨毯を踏むと微《かす》かな罪悪感を覚える。そんな自分を嫌いではない。

課には十人ほどの職員がいた。倉内は公用車管理係のシマに足を向けた。技師職のトップ、吉沢管理長の顔が上がったところで声を掛けた。

「牛久保さんは？」

「今日は公休ですけど、何か御用ですか」

「いや、用と言うほどのことじゃないんだ。いいよ」

知事と副知事の公用車の運転は、牛久保、加山、五嶋《ごとう》の三人で回している。一昨日は牛久保がオヤジを乗せた――。

倉内は自分のデスクについた。

牛久保に電話しようかどうか迷っていた。車中のオヤジの様子はどうだったか。電話で聞き出せる話でないことはわかっているが、だからといって明日まで宙ぶらりんのこの気持ちのままいるのも堪《た》えがたかった。

電話を見つめているうち、その電話が鳴り出した。

「秘書課長の倉内です」

〈ああ、牧野だよ、牧野。さっきは——〉

内心、舌打ちした。朝方現れた『マキノ電子』の社長だ。

〈知事に話してくれたかい？〉

「いえ、今日はずっと外なので」

〈会えないかなあ、知事に。ほんの少しでいいんだ〉

「お話は私が伺います。ちゃんと知事に伝えますから」

〈このままじゃ破産なんだ。七海はウチを見殺しにするつもりなんだよ。連中、台湾に失望してるんだ。部材が思ったより安く手に入らないからコストダウンができないってぬかしやがった。安い部材を調達する努力をしてないだけなんだ。面倒になったから、ウチを潰《つぶ》して撤退しちまおうって腹なんだ。奴《やつ》らにとっちゃ痛くも痒《かゆ》くもないさ。けど、わしらはどうすりゃいい？〉

切羽詰まった声だった。

倉内は追い詰められた気持ちになった。

「牧野さん、功宝《くぼう》先生や音輪《おとわ》先生に相談してみましたか」

〈したよ。駄目さ。代議士も県議もみんな七海の言いなりさ。選挙が怖いから〉

それは知事とて同じなのだ。

〈助けてくれよ、後生だから〉

助けて下さい——。

土下座する向井嘉文《よしふみ》の背中が網膜に浮かんでいた。

一月半ほど前だった。午後十時を回っていた。何の前触れもなく、向井は突然、倉内の自宅を訪ねてきた。従業員三十人弱の家具製造工場。資金繰りに窮し、金を貸してほしいと現れた。

友人ではなかった。知人と呼ぶにも抵抗のある希薄な関係だった。十年以上も前、倉内が中小企業支援対策室にいた時分、向井に特別融資の説明をした。数年前、焼鳥屋で偶然一緒になったことがあった。向井のほうから寄ってきてしばらく喋《しゃべ》った。それだけだ。そのあるかないかの線を頼りに向井は現れた。だから本当に逼迫《ひっぱく》した状況なのはわかった。金融機関も友人も知人も親戚《しんせき》も、当たれるところはすべて当たった後に違いなかった。

向井は崩れるように膝《ひざ》をついて土下座した。五十五歳だと言った。妻と二人の子供がいるとも言った。たたきに額を擦りつけた。金を貸して下さい。幾らでも結構ですから。

倉内は面食らった。向井の体を懸命に起こした。困惑していた。頭には死んだ父の言葉があった。金を貸すなら「あげる」つもりで貸せ。返ってこなくても自分が困らない額を。返ってこなくても相手を恨まないで済む額を。

貸せない。よほどそう言おうかと思った。付き合いのない人間に金を貸すという行為が、なにやら不道徳なことのように思えた。内実を言えば、他人に金を貸す余裕もなかった。家のローンは十年残っている。大学生の長男と長女は東京でアパート暮らしだ。その仕送りで毎月預金を取り崩している。人生で一番お金の掛かる時期。それがここ数年変わらぬ女房の口癖だった。

だが結局、貸せないとは言えなかった。父の言葉に従った。二十万円なら。来週でいいなら。刹那《せつな》、険しかった向井の顔つきが変化した。眉間《みけん》に寄っていた深い皺《しわ》がスッと消えた。放心の表情に微かな笑みが覗《のぞ》いた。悲しげな笑みだった。焼け石に水。そんな現実を伝えたのだと思う。ややあって立ち上がり、倉内に深々と一礼し、そして何も言わずに路地の闇《やみ》に消えていった。

胸が痛んだ。その晩は眠れなかった。布団《ふとん》の中で自分に言い聞かせた。貸さないと言って追い返したわけではない。仕方ないではないか。それとも我が家の財産をすべて掻《か》き集めて、顔見知り程度の人間に渡さねば人の道に反するとでも言うのか。

その二日後だった。地元紙の「お悔やみ欄」に向井嘉文の名を見つけた。死因が記載されていなかった。消防防災課に出向してきている警部を通じて所轄《しょかつ》に聞いて貰《もら》った。自宅で首を吊《つ》ったとのことだった。その晩帰宅すると、向井から封書が届いていた。自殺する直前に投函《とうかん》されたに違いなかった。便箋《びんせん》が一枚入っていた。ありがとう。その五文字は便箋の真ん中にボールペンで走り書きされていた。

通夜《つや》にも葬儀にも行かなかった。恐ろしくて行けなかった。向井は倉内の自宅に現れた翌日に自殺したのだ。二十万円。その金額の少なさが向井を絶望させたであろうことは想像に難くなかった。

ありがとう。それは復讐《ふくしゅう》だったのだろう。人が生きていくうえで最も大切な言葉。その「ありがとう」を口にするたび、倉内は向井の放心した表情と悲しげな笑みを思い出さねばならないのだから。

自死を遂げる前、向井は女房に倉内のことを話しただろうか。話したのだとしたら、どんなふうに話したろう。葬儀の日から一週間ほどして自宅に無言電話があった。向井の女房ではないかと疑った。誰にどう思われようと倉内は呪文《じゅもん》のごとく繰り返すしかない。我が家の財産をすべて掻き集めて、顔見知り程度の人間に渡さねば人の道に反するとでも言うのか。

だが——。

オヤジがこの話の顚末《てんまつ》を知ったらどう思うか。それは大変な目に遇《あ》ったなと倉内に同情してくれるか。

否《いな》だ。

薄情者。まずはその単語がオヤジの脳を突き上げる。事業に行き詰まり、土下座までして借金を申し込んだ人間に対し、「二十万円なら」と返答した倉内の神経を疑う。軽蔑《けいべつ》する。そして嫌悪《けんお》感を抱く。頭では倉内のとった行動を是としても、感情的には決して認めない。県庁の秘書課長。自分の右腕。それだけにオヤジは許さない。薄情な男。器の小さい男。倉内という人間をそう決めつけることだろう。

〈倉内さん、聞いてるかい？〉

牧野の電話はまだ続いていた。

〈百七十人の従業員を路頭に迷わすわけにはいかねえんだ。そんなことにでもなったら、わしは死んでも死にきれねえ〉

やはりオヤジに会わせてはならない。倉内は改めて意を決した。牧野の話を直接聞いてしまえば、来年の選挙にマイナスになるとわかっていても『七海エレクトロニクス』に意見する。

オヤジはそういう男だ。

だからこそ、器の小さい薄情な右腕が必要なのだ。保身ではない。オヤジにただついていきたいだけなのだと倉内は心の中で強弁した。

4

倉内は定時に県庁を出た。

自宅には向かわず、N駅から私鉄で西へ向かった。久しぶりに夕方のラッシュに揉《も》まれたが、気持ちは別のところにあった。

牛久保の家はM駅から歩いて五分ほどの距離にあった。軒《のき》と軒の近接した建売住宅の団地の一角だった。近くまで来たから。他の理由は浮かばず終《じま》いだった。ままよ、と倉内は玄関の呼び鈴を押した。

牛久保は本当に驚いたようだった。夕食前を狙《ねら》って来たが、既に晩酌を始めていたらしく、目元と鼻先がほんのり赤かった。

短い廊下の先の茶の間に通された。女房とその母親の歓待を受けたが、酒の勧めは断った。

「こっちは気にせず、牛久保さんはどうぞ続きをやってくださいな」

「いやあ、もう結構。これ以上飲むと、アマゾネス軍団に怒られちまいますから」

素っ気ない挨拶《あいさつ》を残して腰を上げた制服姿の娘を見送り、牛久保は高笑いをした。

倉内の三つ下だから間もなく五十に手が届く。オヤジが最も信頼している運転手。それだけに本題は慎重に切り出さねばと考え、しばらくは牛久保が面白可笑《おか》しく語る課内の噂話《うわさばなし》に合の手を入れていた。

「しかし、佐和子女史もめっきり歳《とし》をとりましたよねえ、華《はな》がなくなっちまって」

「僕と同い年だもの。仕方ないさ」

「桂木君と比べちゃうからかなあ。彼のほうがよっぽど艶《つや》っぽいでしょ」

「そうだね」

「オヤジさんも参っちゃってる感じですもんね。車の中でも、よく彼の話をしますよ」

突如、話が核心部分にニアミスした。牛久保がわざとそうしたようにも感じられた。

倉内は無理に笑った。

「誰だって彼のことは可愛《かわい》がりたくなるさ。素直でフレッシュだからね。お蔭《かげ》でロートルの僕はすっかりオヤジに嫌われちゃったみたいだ」

探り半分、本音を覗かせてみた。

「またまた、そんなあ」

受けた牛久保は笑い損ねた。

「本当だよ。一昨日、僕のこと、ひどく言ってたらしいじゃないか」

カマを掛けると、予想した以上の反応が牛久保にあった。黙り込んでしまったのだ。

倉内の突然の来訪の理由もはっきりと悟った顔だった。

「おいおい、牛久保さんが落ち込むことはないだろ」

「…………」

「オヤジ、何て言ってた？」

「…………」

「あいつは薄情だとか、冷たいとか、そんなことじゃなかったの？」

的を射抜いたらしかった。牛久保の目が二倍ほどにも見開かれた。丁度いい按配《あんばい》にアルコールが回って、表情の抑制もきかなくなってきている。

倉内は膝を詰めた。

「教えてくれないか。そうなんだろ？」

「ええ、まあ、確かにそんなようなことを……」

牛久保は畳に目を落として言った。

「理由は言ってたかい？」

「いえ、それは言ってないです」

「じゃあ、どんなふうに？」

「独り言みたいにです。見損なった、とか何とか……」

視界が色を失った。

「見損なった――そう言ったんだね？」

「あ、いえ、確かじゃないです。本当のところ、課長のことを言ってたのかどうかだって……」

牛久保は逃げた。

倉内も重たい空気から逃げ出す思いで牛久保の家を辞した。

駅までの道は暗かった。

心は寒々としていた。

見損なった――。

オヤジは向井嘉文の一件を知っている。もはや間違いのないことに思える。

だが……。

倉内は歩を緩めた。

オヤジはなぜそのことを知ったのか。向井の女房だか親戚の人間だかがオヤジに電話を入れたということか。

考えにくい。知事室の電話の直通番号は公にされていない。県庁の代表番号に掛けて繋《つな》いでくれと言っても、交換手は知事室ではなく秘書課に繋ぐ決まりだ。電話はそこでチェックされて止まる。一県民からの電話が知事室に回されることはないのだ。知事公邸の電話番号に至ってはトップシークレットだ。向井の関係者が知るはずがないし、見知らぬ者から公邸に届く郵便物は防犯上の理由で「検閲」される。市井《しせい》の声を直接知事に伝えないシステムが出来上がっているのだ。県庁に届く知事宛の投書がそうであるように、幾つものフィルターを通過して初めて知事の目と耳に――。

倉内はハッとした。

投書……。

四年前の苦い記憶が蘇《よみがえ》った。

秘書課長に就いてまだ一月ほどのことだった。倉内を批判した投書がオヤジの目に触れてしまったことがあった。県が後援した県民ボウリング大会に参加した市民からの葉書だった。

《知事の代理で来た秘書課長が、ふん反《ぞ》り返っていて、愛想もなく不快でした》

初めての知事代理の仕事でガチガチに緊張していたというのが真相だったが、オヤジは激怒した。「忘れるな。代理の時のお前は俺なんだ」。倉内は朝のチェックでその投書を目にした覚えがなかった。まだ秘書課長の仕事に慣れていなかったから、うっかり見落としたのだと思う。前日に投書を絞り込んだ広報公聴係のミスとも言えたが、倉内は部下を責めなかった。その投書の中身の大半は、県民のレクリエーションを積極的に後押しする知事への感謝の言葉で埋めつくされていたからだ。

今回はどうだったか。

倉内は駅構内の階段をゆっくりと上がった。思考は負の感情を巻き込んで雪崩《なだれ》を打っていた。

一昨日の朝、倉内は抜歯のために半日休をとり、課にいなかった――倉内が不在の時、投書は広報公聴係が最終チェックまで行ってオヤジに手渡す――桂木はその広報公聴係の仕事を兼務している――向井嘉文の関係者から届いた投書をわざと「通過」

させた——。

倉内は上り電車に乗った。

車窓を走る街の灯が、胸の奥深いところに秘めた桂木の野心に見えた。

5

翌朝。知事公室秘書課はせわしい空気に包まれていた。九時半に毎月恒例の知事会見が始まる。県庁詰め記者たちからの雑多な質問に備えるべく、様々な部局の幹部職員が知事室に出入りしていた。

その流れが途切れたところで、倉内は書類を手に席を立った。部屋の奥を見やる。桂木はロッカーから書類を引き出していた。今日は淡い藤色のスーツでめかし込んでいる。会見室にも顔を出すつもりなのだろう。

倉内はデスクを回り込んで知事室の前に立った。ドアを強めにノックする。すぐさま、「入れ」の声。逡巡《しゅんじゅん》を振り切ってドアを開き、分厚い絨毯《じゅうたん》を踏んだ。後ろ手でドアを閉める。

四方田は執務机で名刺の整理をしていた。ノックの仕方で倉内の入室だとわかっている。顔はこちらに向かない。だが目の端に倉内をとらえていることは、角度がきつくなった眉毛《まゆげ》の動きから読み取れる。

見損なった――。

振りだす足が鈍ったが、躊躇《ちゅうちょ》は後ろめたさの証左と受け取られるだろうと思い、倉内は大股《おおまた》で執務机の前まで進んだ。

「おはようございます」

「ああ」

不機嫌そうな声。目は名刺ホルダーに落ちたままだ。

倉内は執務机の端にある「未決」のボックスに書類を入れ、その上に今朝セレクトした五通の投書を置いた。昨日渡し損ねた四通も重ねる。

「知事、投書は三日分です」

「わかった」

嫌な間《ま》が生じた。腹を括《くく》って、その間を破った。

「月曜日の分は読まれましたか」

四方田の目が倉内に向いた。感情の希薄な目だった。

「読んだ。それがどうした？」

私のことが――喉《のど》まで出掛かったが、言葉にできなかった。四方田が名刺ホルダーに目を戻してしまったからだった。お前には興味がない。そう言われた気がした。四方田の存在が遥《はる》か遠くに感じられた。今ここで倉内に関する投書があったかどうか聞き、向井嘉文の関係者なのか、内容はどんなものだったかを確かめ、さらに「二十万円なら」と言った倉内の真意までをも伝えることは、あまりに遠大な事業に思えた。

この段になって、「藪蛇《やぶへび》」の危険信号も脳裏で点滅し始めていた。四方田が倉内を見損なった理由が、もし向井の一件ではなかったのだとしたら、倉内自身の口で二つ目の悪材料を提示してしまうことになる。

「まだ何かあるのか」

恐れていた、そっくりそのままの言葉が部屋に響いた。

「いえ……」

「だったら戻れ」

「……はい」

だが、足は竦《すく》んだように動かなかった。退席せねば四方田の声が荒立つ。わかってはいるが去りがたかった。このまま退席してしまったなら二度とこの部屋に足を踏み入れられなくなる。そんな脅えを伴った思いが胸を覆《おお》い尽くしていた。

ノックの音に救われた。

四方田が応じると、ドアが開いて蓮根佐和子の張り詰めた表情が覗いた。

「時間です。会見室のほうに移動願います」

「わかった――その前にちょっと桂木を呼べ」

ドアの前にでもいたのか、数秒と置かずに藤色のスーツが入室してきた。どうすることもできず、倉内はその場に突っ立っていた。

四方田の真顔が桂木に向いた。

「三選出馬の質問が出ると思う。何とする？」

桂木は動じるふうもなかった。

「態度を表明なさるんですか」

「まだだ。表明は議会でやらんと連中がヘソを曲げる」

「でしたら――」

桂木はニッコリ笑った。

「微笑《ほほえ》まれるといいです」

「微笑む？」

「ええ。質問にすぐに答えようとなさらずに、静かに肯定の笑みを。記者は知事の本音を知って満足し、ですが出馬すると書くことはできません」

「なるほど……。だが、念押しの質問をされたらどうする？」

「今度は苦笑して記者の顔を一巡します。彼ら一人一人と目を合わせて。そして思案中だとひと言。本当ははっきり言いたいがまだ言えないんだ、察してくれ、といった感じです。複雑な胸の内をちらつかせることで、彼らの記者としての自尊心をくすぐります。一般人が知らないことを自分は知っている。その満足感は知事に対する親近感にも繋がり、自然と好意的な記事が出てくるようになります」

倉内は知事室を出た。

胸を掻《か》きむしりたい思いだった。桂木は才を発揮し始めている。オヤジの心に深く食い込んでいる。嫉妬《しっと》と敗北感がごちゃ混ぜになって気持ちの収拾がつかなかった。

それだけではない。

アドバイスした記者対策のしたたかさに桂木の本性を見た。倉内批判の投書をオヤジに流す。桂木ならやる。桂木にやられた――。

6

その日の仕事がひけると倉内はいったん自宅に戻り、車を運転してY市に向かった。死んだ向井嘉文の遺族の居場所がわかったからだった。

昼間、中小企業支援対策室の元部下と庁内の喫茶室で会った。『向井家具』はやはり駄目だった。向井の死後、破産申し立てを行っていた。書類にあった向井の自宅に電話を入れてみたが、客の都合で不通になっているとの録音テープが回った。消防防災課の警部に今回も頼った。夕方になってY署刑事課の光岡という男が連絡をくれた。向井の妻、靖子《やすこ》は実の姉の家に身を寄せているとのことだった。

倉内は四つ角に目印のコンビニを見つけ、ハンドルを左に切った。道は狭く、舗装のムラで車がビビリ音を発した。自宅を出る前に電話を入れた。靖子の声はくぐもっていた。倉内の名を聞き直したので、「県庁の」と付け足すと、ああ、と思い当たった声になった。用件は話さず、これから伺いたいと告げた。拒絶されると思ったが、靖子は曖昧《あいまい》な言葉で承諾した。

小さな公園の裏の二階家はすぐに見つかった。家の外に、ひどくぼんやりとした、それでいて人待ち顔の初老の女が立っていたからだ。

向井靖子は庭の敷地の大半を犠牲にしたプレハブ小屋に倉内を案内した。子供部屋として使われていたことは、天井にアイドル歌手のポスターが貼《は》られているのでわかる。八畳ほどの室内には段ボール箱が山と積まれていた。圧縮された居住スペースに、いかにも不似合いな美しい木目の丸テーブルが置かれていた。これだけは、と自宅から運んできた『向井家具』の品に違いなかった。微《かす》かに線香の匂《にお》いがする。部屋の隅の小机の上に真新しい位牌《いはい》と簡素な仏具が置かれていた。

「お参りを……」

倉内は位牌に手を合わせた。供する言葉は浮かばなかった。

腰を上げると、靖子がテーブルの椅子《いす》を引いた。

「どうぞお掛けになって下さい」

「ええ……」

倉内は押しかけてきたことを後悔していた。オヤジと桂木の蜜月《みつげつ》を目《ま》の当たりにして心を乱した。桂木の企てを確かめたくて靖子を探した。だが本当のところ、電話で靖子の声を聞いた時点で、投書と靖子は結びつかなくなっていた。彼女ではない。そう直感したのだ。

実際に靖子に会ってみて直感は確信に変わった。母屋《おもや》から茶を運んできた靖子の表情のどこにも険はなかった。向井は倉内に縋《すが》ったことを靖子に話さなかったのかもしれない。そうだとするなら、投書をしたかどうかの話など意味をなさなくなる。

「ご迷惑が掛かりませんでしたか」

靖子が心配そうな顔で切り出した。

「何がですか」

「そのことでいらしたんでしょう？」

「はい？」

「手紙です。向井の弟があなたのことを書いて県に送ったようなことを言っていたものですから」

倉内は凍りついた。不意打ちの衝撃にしばらくは声も出なかった。

靖子の表情が曇った。

「そのことでいらしたんじゃないんですか」

「……弟さんが？」

「あ、ええ」

「そうですか……。弟さんだったんですか……」

「やっぱりご迷惑が？」

「いえ、そんなことはありません。そうではありません」

呂律《ろれつ》が怪しかった。倉内は自分の頬を張りたい衝動に駆られた。

「あの、それで、弟さんが書かれた手紙、借金のことを……ということでしょうか」

「そうです。すみませんでした。弟はひどく興奮してしまって……」

靖子は力なく目を伏せた。

あの晩――倉内のところから戻った向井は靖子と弟に事の一部始終を話した。二十万円なら。来週でいいなら。『向井家具』の専務である弟は激怒したのだという。二十万ぽっちだと？　来週だと？　馬鹿《ばか》にしてやがるのか、と。虫のいい頼み事だったんだ、あの人を恨むのは筋違いだ、向井はそう言って窘《たしな》めたが、弟は鎮《しず》まらなかった。兄貴がそいつを知ってるって言うから当てにしたんだ、きっと助けてくれるって言ったじゃねえか、だから俺だって恥を忍んで恩師の家に行ったんだ、そっちが駄目ってわかってりゃあ行かなかったさ、どうせ破産するしかないんだからな――。

「もともと自分勝手な人なんです。会社が悪くなってからは奥さんともうまくいかなくなって、離婚の調停中だったりしたものですから」

ただ頷《うなず》くしかなかった。

靖子は小さな溜《た》め息《いき》を漏らした。

「弟は内心、向井が自殺したのは自分があんなふうに言ってしまったからだと思ってるんです。だからそれを誤魔化《ごまか》すためにあなたを悪者にして、手紙まで書いて……。本当にすみませんでした」

倉内も息を吐いた。

話は繋がった。向井の弟が倉内を罵倒《ばとう》した手紙を書き、桂木が素通りさせ、その手紙を読んだオヤジが「見損なった」と牛久保に漏らした。

オヤジの信頼は取り戻せるだろうか。

難しいかもしれない。向井の弟が書いたことは嘘《うそ》ではないのだ。二十万円なら。来週でいいなら。だから向井は……。

靖子が茶を注ぎ足した。

「向井はあなたに感謝してました。弟が帰ってから、倉内さんはいい人だって何度も言っていました」

その言葉には頷けなかった。

「そうでしょうか」

たまらず倉内は言った。

「ご主人も私のことを恨んでいたんじゃないですか」

「そんなことはありません。真剣に話を聞いてくれた、って」

「ご主人から手紙が来たんです」

言わないつもりでいたが、言わずにおれなくなった。

「ウチの人から……？」

「ええ、そうです。便箋《びんせん》が一枚入っていて、ありがとう――それだけ書いてありました」

驚きに染まった靖子の顔が、しかしすぐに和らいだ。

「そのままの意味だと思います」

「そうでしょうか。私には……」

倉内は口籠《くちご》もった。皮肉。靖子にその単語は言えないと思った。

「あの人、いつもあなたのことを話していたんですよ」

「えっ……？」

「融資の相談をしに行った時、すごく親切にしてもらったって言ってました。それとそう、一緒にお酒を飲んだって言うのが自慢でした。本当に嬉《うれ》しかったみたいで、私や弟や従業員によく話していたんです。倉内さん、釣りがご趣味なんですって？」

「え、ええ……」

「ウチの人もそうだったんですよ。趣味が同じで話がすごく盛り上がって、いつか一緒に釣りに行こうって約束したんだって」

覚えていなかった。

「新聞であなたが秘書課長になったことを知って、その時はもう大騒ぎでした。自分のことのように喜んで。やっぱりあの人は違う、俺の目に狂いはなかった、ああいう人が偉くならなきゃ嘘だ、って」

倉内は言葉をなくした。

「それからは前にも増してあなたの話をすることが多くなって、会社の朝礼とかでも胸を張って話していたんです。だから、あの人――」

靖子の唇が微かに震えた。

「弟や従業員の手前、最後の最後、あなたのところへ金策に行かざるをえなくなってしまったんだと思います」

光る目から、倉内は思わず目を逸《そ》らした。

「最初から借りられるなんて思っていなかったんです。あなたのところから戻った時、あの人、とっても穏やかな顔をしていました。きっと門前払いをされると思っていたんでしょう。一度お酒を飲んだだけの人だって、自分が一番よく知ってるわけですものね。なのにあなたは真剣に話を聞いてくれた。二十万円貸してくれると言ってくれた。だから……だから、ありがとう、って」

目は戻せなかった。倉内は段ボール箱に書かれたマジックの文字を睨《にら》み付けていた。

「父・夏物」――。

その文字がぼやけた。何も見えなくなった。

向井の顔が脳裏にあった。

金額を告げた時に見せた笑み。

放心した表情に微かに浮かんだ笑み。

悲しげに見えた。だが……。

靖子は涙を拭《ぬぐ》ったようだった。そんな間のあと、気を取り直したような声がした。

「あの人らしい。ございますがないなんて」

濡《ぬ》れた目を靖子に向けた。泣き笑いの顔があった。

「釣り仲間に言うみたいに、倉内さんに気安く言ってみたかったんでしょうね。ありがとう、って」

倉内も笑おうとした、その時、懐《ふところ》の携帯が鳴り出した。ディスプレイには秘書課の直通番号が表示されていた。

〈あ、どうも、桂木です〉

「急用かい？」

〈いえ、そうではありません〉

掛け直す。短く言って電話を切り、倉内は立ち上がった。刹那《せつな》、靖子は縋るような目を見せた。

倉内は今一度、位牌の前で膝《ひざ》を折った。安らかに……。どうか安らかに……。幾度もそう念じた。

靖子に膝を向けた。

「今度ゆっくり寄らせてもらいます。またご主人の話を聞かせて下さい」

7

外は月明かりだった。

倉内は車に戻り、懐から携帯を引っ張りだした。秘書課直通の短縮番号を押す。すぐに桂木がでた。

「ずいぶんと遅くまで頑張ってるんだな」

〈ええ、知事が一新会の県議とこっそり会ったものですから〉

知らなかった。

凪《な》いでいた心にさざ波が立った。

「で、用件は何だい？」

〈それが、マキノ電子の社長が交通事故に遭って県立病院に運ばれたそうです〉

驚きが突き上げた。

「怪我《けが》は？」

〈脳震盪《のうしんとう》と足の骨折です。命に別状はないとのことですが、昨日の朝のこともあるので、課長にはお伝えしておいたほうがよろしいかと思いまして〉

「どこから入った情報だい？」

〈病院からです。最初、牧野社長が朦朧《もうろう》としていて、知事に会いたいというようなことを言ったらしいんです。それで、県立ですから、病院側が気を回して知事の知り合いかどうか、こっちに確認の電話を入れてきたんです。無関係だと答えておきました〉

無関係……？

「前の選挙ではずいぶん頑張ってくれたんだ。無関係は当たらないよ」

〈しかし、ああいう人は知事に近づけないほうがいいと思います。課長もそうしてらしたでしょう?〉

「だけど大怪我をしたんだ。知事の支援者だと言ってやれば、医者も少しは目をかけてくれるだろう。僕が今から覗《のぞ》いてくるよ。明日の朝一番で見舞いの花が届くように手配しておいてくれないか」

〈……花をですか〉

不服そうな声がした。

〈やめたほうがいいんじゃないですか、そういうのは。つけ上がるだけでしょう〉

「つけ上がってるのは君のほうじゃないのか」

思わず言葉が迸《ほとばし》った。

〈えっ……?〉

「君は確かに有能だ。今朝の会見のアドバイスも見事だった。君の言った通り、記者たちは喜んでいたよ。明日の朝刊には各社一斉に好意的な記事が載るだろう。オヤジにとって君は必要な人間だ。それは認める。君の邪魔はしない。だから君も人の邪魔はするな。足を引っ張るような姑息《こそく》な手は使うんじゃない」

〈はあ？　どういうことですか。仰《おつしや》ってることがさっぱりわかりません〉

声に笑いが混じった気がした。

「惚《とぼ》けるのはよせ。俺がいなかった月曜日に何をした？　見せる必要のない投書をオヤジに見せたろう」

桂木は本当に笑った。

〈できませんよ、そんなこと。月曜日は各地の県立施設の写真撮影で、私も含めて朝から広報公聴の人間は全員出払ってましたから〉

8

灯の落ちた病院は入るのに小さな勇気がいる。

牧野昭夫は集中治療室から個室に移されていた。右大腿部《だいたいぶ》骨折。全治二カ月。県道を横切ろうとして四トントラックに撥《は》ねられた。

完全看護のはずだが、ベッドサイドに真っ白い髪の女房が付き添っていた。倉内の入室に気づくと牧野は不貞腐《ふてくさ》れたような笑みを浮かべ、自分の腕の上にあった女房の手を乱暴に弾《はじ》いた。

「牧野さん、無茶はいけませんよ」

女房が廊下へ出たのを見届けて、倉内はパイプ椅子《いす》に腰を下ろした。

「トラックの運転手は、急に飛び出したって言ってるらしいじゃないですか」

「……」

「さっき、自殺した社長の家に行ってきました」

「馬鹿言え。俺は違うさ。ぼんやりしただけだよ」

「ええ、そうでしょう」

「まだ死ねないよ。今死んだら七海の連中を喜ばせるだけだ」

「そうですよ。残された奥さん、寂しそうでしたよ。話し相手がいなくなってしまいましたからね」

「その人の会社、何人？」

牧野は怒ったように言った。

「従業員ですか」

「ん」

「三十人ぐらいだと思います」

牧野は、ふっ、と小馬鹿にしたように笑った。

「ま、三十人だって同じだよな」

「何がです？」

「だからさ──」

牧野は荒い息を吐いた。

「そうなっちまうともう、自分とか女房子供とかじゃないんだよ。従業員は宝だからさ、会社やってる人間にとっちゃ」

「どういう意味です？」

牧野は天井の一点を見つめた。

「その人、保険はどれぐらい入ってた？」

「聞いてません」

「入ったばっかりじゃなけりゃ、自殺だっておりるからな。雀《すずめ》の涙だってやりたいんだよ、ずっと真面目《まじめ》に働いてくれた連中にはさ」

「よしましょう、そういう話は」

「だよな。わからないものな。やっぱ、同じ思いをしなきゃ、わからないものな」

牧野の言葉が胸に滲《し》み入った。

同じ思いをしなきゃ……。

そうか。そういうことか。いくら考えてもわからなかった謎《なぞ》が、牧野の一言で呆気《あっけ》なく解けた。

女房が入室してきたタイミングで倉内は腰を上げた。

ドアを押し開いた時、背後で声がした。

「ありがとう」

倉内はベッドに振り返り、そっぽを向いた牧野の顔を見つめた。

9

明くる日は朝からよく晴れた。

倉内は自分のデスクで投書のチェックをしていた。「在室」のランプが点灯している。「来客中」のほうは消えているが、十分ほど前からオヤジに呼ばれた桂木が入っている。

「蓮根さん――」

倉内が呼ぶと、向こうのデスクで佐和子の首が伸びた。

硬いヒールの音が近づく。

「何でしょう？」

「今日、オヤジが空いている時間はあるかな？」

「四時から五時半まではフリーです」

ヒールの踵《かかと》が返った。

「ああ、蓮根さん」

「はい？」

倉内は足を止めた佐和子の目を見つめた。

佐和子は小首を傾《かし》げた。

倉内はそっと言った。

「いつもありがとう」

瞬時、佐和子の瞳《ひとみ》に脅えが走った。目元がつれて皺《しわ》が浮き立った。何かを言いかけて、だが何も言わずに顔を背《そむ》けた。

倉内は離れていく細い背中を見つめた。

同じ思いをしなきゃ、わからないものな――。

桂木という男が現れなかったら気づかなかったろう。佐和子は倉内がここに来る三年も前からオヤジに仕えていた。能力を買われ、請《こ》われて秘書職に就いた。なのに華をなくした。歳《とし》のせいではなく、オヤジの信を倉内に奪われたから。

倉内は手元の投書に目を落とした。今回も、四年前も、おそらくは彼女が仕組んだことだった。

心は不思議と澄んでいた。ありがとうは本心から出た。これまで佐和子の機転でどれだけの難局を乗り切ってきただろう。秘書のなんたるかはすべて彼女から学んだ。倉内は何一つ報いてこなかった。彼女を便利に使い、仕事の多くを取り上げ、そしてオヤジの心が自分に靡《なび》いてくるのを愉《たの》しんでいた。

ありがとうは赦《ゆる》しを請う言葉だ。今ようやくそれに気付いた。

ふうと短い息を吐いた。それで頭を切り換えた。オヤジは午後四時から五時半までフリー。倉内は受話器を上げ、「１０４」を呼んだ。

コール音が耳に心地好かった。

仕えてきた。使われてきた。一度ぐらい、こっちがオヤジを使ってもバチは当たるまい。

〈お待たせしました。１０４の木村です〉

倉内は「在室」のランプを見つめて言った。

「七海エレクトロニクスは何番ですか」

この作品は二〇〇四年一月新潮社より単行本として刊行され、二〇〇七年七月実業之日本社ジョイ・ノベルスに収録された。文庫化にあたり加筆修正を行った。

横山秀夫著

深追い

地方の所轄に勤務する七人の男たち。彼らの人生を変えた七つの事件。骨太な人間ドラマと魅惑的な謎が織りなす警察小説の最高峰！

赤川次郎著

ふたり

交通事故で死んだはずの姉の声が、突然、頭の中に聞こえてきた時から、千津子と実加、二人の姉妹の奇妙な共同生活が始まった……。

赤川次郎著

一億円もらったら

「一億円、差し上げます！」大富豪の老人と青年秘書の名コンビが始めた趣向で、突然大金を手にした男女五人をめぐる人生ドラマ。

赤川次郎著

月光の誘惑

16歳の涼子はピアノ発表会の練習に励む毎日。だが、修学旅行のバス事故を皮切りに次々不審な出来事が。一気読み必至のサスペンス！

有栖川有栖著

乱鴉の島

無数の鴉が舞い飛ぶ絶海の孤島で、火村英生と有栖川有栖は「魔」に出遭う――。精緻な推理、瞠目の真実。著者会心の本格ミステリ。

有栖川有栖著

絶叫城殺人事件

「黒鳥亭」「壺中庵」「月宮殿」「雪華楼」「紅雨荘」「絶叫城」――底知れぬ恐怖を孕んで闇に聳える六つの館に火村とアリスが挑む。

伊坂幸太郎著

首折り男のための協奏曲

被害者は一瞬で首を捻られ、殺された。殺し屋の名は、首折り男。彼を巡り、合コン、いじめ、濡れ衣……様々な物語が絡み合う！

伊坂幸太郎著

ラッシュライフ

未来を決めるのは、神の恩寵か、偶然の連鎖か。リンクして並走する4つの人生にバラバラ死体が乱入。巧緻な騙し絵のごとき物語。

伊坂幸太郎著

重力ピエロ

ルールは越えられるか、世界は変えられるか。未知の感動をたたえて、発表時より読書界を圧倒した記念碑的名作、待望の文庫化！

石田衣良著

4TEEN【フォーティーン】

直木賞受賞

ぼくらはきっと空だって飛べる！　月島の街で成長する14歳の中学生4人組の、爽快でちょっと切ない青春ストーリー。直木賞受賞作。

石田衣良著

6TEEN

あれから2年、『4TEEN』の四人組は高校生になった。初めてのセックス、二股恋愛、同級生の死。16歳は、セカイの切なさを知る。

石田衣良著

眠れぬ真珠

島清恋愛文学賞受賞

人生の後半に訪れた恋が、孤高の魂を持つ咲世子を少女に変える。恋人は17歳年下。情熱と抒情に彩られた、著者最高の恋愛小説。

小野不由美著

東京異聞

人魂売りに首遣い、さらには闇御前に火炎魔人、魑魅魍魎が跋扈する帝都・東京。夜闇で起こる奇怪な事件を妖しく描く伝奇ミステリ。

小野不由美著

屍鬼（一〜五）

「村は死によって包囲されている」。一人、また一人、相次ぐ葬送。殺人か、疫病か、それとも……。超弩級の恐怖が音もなく忍び寄る。

小野不由美著

黒祠の島

私は失踪した女性作家を探すため、禁断の島を訪れた。奇怪な神をあがめる人々。凄惨な殺人事件……。絶賛を浴びた長篇ミステリ。

小野不由美著

魔性の子

—十二国記—

孤立する少年の周りで相次ぐ事故は、何かの前ぶれなのか。更なる惨劇の果てに明かされるものとは——「十二国記」への戦慄の序章。

恩田　陸著

夜のピクニック

吉川英治文学新人賞・本屋大賞受賞

小さな賭けを胸に秘め、貴子は高校生活最後のイベント歩行祭にのぞむ。誰にも言えない秘密を清算するために。永遠普遍の青春小説。

荻原　浩著

メリーゴーランド

再建ですか、この俺が？　あの超赤字テーマパークを、どうやって?!　平凡な地方公務員の孤軍奮闘を描く「宮仕え小説」の傑作誕生。

黒川博行著
疫病神
建設コンサルタントと現役ヤクザが、産廃処理場の巨大な利権をめぐる闇の構図に挑んだ。欲望と暴力の世界を描き切る圧倒的長編！

黒川博行著
左手首
一攫千金か奈落の底か、人生を賭した最後のキツイ一発！ 裏社会で燻る面々が立てた完全無欠の犯行計画とは？ 浪速ノワール七篇。

今野敏著
リオ
—警視庁強行犯係・樋口顕—
捜査本部は間違っている！ 火曜日の連続殺人を捜査する樋口警部補。彼の直感がそう告げた。刑事たちの真実を描く本格警察小説。

今野敏著
隠蔽捜査
吉川英治文学新人賞受賞
東大卒、警視長、竜崎伸也。ただのキャリアではない。彼は信じる正義のため、警察組織という迷宮に挑む。ミステリ史に輝く長篇。

佐々木譲著
ベルリン飛行指令
開戦前夜の一九四〇年、三国同盟を楯に取り、新戦闘機の機体移送を求めるドイツ。厳重な包囲網の下、飛べ、零戦。ベルリンを目指せ！

佐々木譲著
制服捜査
十三年前、夏祭の夜に起きてしまった少女失踪事件。新任の駐在警官は封印された禁忌に迫ってゆく——。絶賛を浴びた警察小説集。

白川道著

流星たちの宴

時はバブル期。梨田は極秘情報を元に一か八かの仕手戦に出た……。危ない夢を追い求める男達を骨太に描くハードボイルド傑作長編。

白川道著

終着駅

〈死神〉と恐れられたアウトロー、視力を失いながら健気に生きる娘。命を賭けた恋が始まる。『天国への階段』を越えた純愛巨編！

「新潮45」編集部編

殺人者はそこにいる

—逃げ切れない狂気、非情の13事件—

視線はその刹那、あなたに向けられる……。酸鼻極まる現場から人間の仮面の下に隠された姿が見える。日常に潜む「隣人」の恐怖。

「新潮45」編集部編

殺ったのはおまえだ

—修羅となりし者たち、宿命の9事件—

彼らは何故、殺人鬼と化したのか——。父母は、友人は、彼らに何を為したのか。全身怖気立つノンフィクション集、シリーズ第二弾。

「新潮45」編集部編

殺戮者は二度わらう

—放たれし業、跳梁跋扈の9事件—

殺意は静かに舞い降りる、全ての人に——。血族、恋人、隣人、あるいは〝あなた〟。現場でほくそ笑むその貌は、誰の面か。

「新潮45」編集部編

凶悪

—ある死刑囚の告発—

警察にも気づかれず人を殺し、金に替える男がいる——。証言に信憑性はあるが、告発者も殺人者だった！　白熱のノンフィクション。

新潮文庫最新刊

垣根涼介著

室町無頼（上・下）

応仁の乱前夜。幕府に食い込む道賢、民を束ねる兵衛。その間で少年才蔵は生きる術を学ぶ。史実を大胆に跳躍させた革新的歴史小説。

塩野七生著

十字軍物語 第三巻
—獅子心王リチャード—

サラディンとの死闘の結果、聖地から追放された十字軍。そこに英王が参戦し、戦場を縦横無尽に切り裂く！ 物語はハイライトへ。

塩野七生著

十字軍物語 第四巻
—十字軍の黄昏—

十字軍に神聖ローマ皇帝や仏王の軍勢が加わり、全ヨーロッパ対全イスラムの構図が鮮明に。そして迎える壮絶な結末。圧巻の完結編。

朱野帰子著

わたし、定時で帰ります。

絶対に定時で帰ると心に決めた会社員が、部下を潰すブラック上司に反旗を翻す！ 働き方に悩むすべての人に捧げる痛快お仕事小説。

近藤史恵著

スティグマータ

ドーピングで墜ちた元王者がツール・ド・フランスに復帰！ 白石誓はその嵐に巻き込まれる。「サクリファイス」シリーズ最新長編。

本城雅人著

英雄の条件

メジャーで大活躍した日本人スラッガーに薬物疑惑が浮上。メディアの執拗な追及に沈黙を貫く英雄の真意とは。圧倒的人間ドラマ。

看《かん》守《しゅ》眼《がん》

新潮文庫　よ-28-2

平成二十一年九月一日発行
平成三十一年二月二十五日五刷

著者　横《よこ》山《やま》秀《ひで》夫《お》
発行者　佐藤隆信
発行所　株式会社　新潮社
郵便番号　一六二—八七一一
東京都新宿区矢来町七一
電話　編集部(〇三)三二六六—五四四〇
読者係(〇三)三二六六—五一一一
http://www.shinchosha.co.jp

価格はカバーに表示してあります。

乱丁・落丁本は、ご面倒ですが小社読者係宛ご送付ください。送料小社負担にてお取替えいたします。

印刷・大日本印刷株式会社　製本・加藤製本株式会社

ISBN978-4-10-131672-7 C0193